ANTES DE TUDO ACABAR

MARY C. MÜLLER

ANTES DE TUDO ACABAR

OUTRO Planeta

Preparação: Débora Dutra
Revisão: Alice Camargo e Olívia Tavares
Diagramação: Futura
Capa: André Stefanini
Ilustração de capa: Adams Carvalho

CIP-BRASIL. CATALOGAÇÃO na publicação
SINDICATO NACIONAL DOS EDITORES DE LIVROS, RJ

M923a
Müller, Mary C.
Antes de tudo acabar / Mary C. Müller. – 1. ed. – São Paulo: Planeta, 2017.

ISBN 978-85-422-1208-2

1. Romance brasileiro infantojuvenil. I. Título.

17-45310 CDD: 869.93
CDU: 821.134.3(81)-3

2017
Todos os direitos desta edição reservados à
EDITORA PLANETA DO BRASIL LTDA.
Rua Padre João Manuel, 100 – 21º andar
Ed. Horsa II – Cerqueira César
01411-000 – São Paulo-SP
www.planetadelivros.com.br
atendimento@editoraplaneta.com.br

Para todos aqueles que têm dúvidas.
Para as perguntas sem respostas.
E para as dúvidas respondidas.

1

Era uma cena comum e irrelevante. Apenas dois alunos no pátio da escola, matando aula. Os outros estudantes nem davam mais bola, e os professores já tinham desistido de fazer qualquer coisa a respeito, já que éramos vistos vadiando ali toda semana. Sem exceção. Anne e eu. Dois adolescentes facilmente reconhecíveis pela falta de uniforme, que dava lugar a camisetas de banda e calças jeans rasgadas. Era assim no começo e foi assim durante anos...

Eu e ela.

Sempre.

Anne esfregava uma boa quantidade de álcool nas mãos e as sacudia para secá-las, enquanto eu tentava me distrair olhando para os pombos que andavam chacoalhando suas cabecinhas. Ela passou um pouco do álcool nas minhas orelhas; os alargadores, dois pequenos brincos de dois milímetros na haste, aguardavam no banco. O sol torrava nossas cabeças enquanto o resto da turma assistia à aula de Matemática. Estava tudo em silêncio, interrompido apenas pelos arrulhos do grupo de pombos que perambulava à procura de restos de lanche dos alunos.

A direção tinha enchido a escola com placas de "não alimente os pássaros", mas não havia nada que pudesse ser feito para impedi-los de bicar salgadinhos. Um deles esbarrou em um copo de refrigerante de uva, derrubando o líquido e manchando o chão de cimento com aquele corante roxo pavoroso que provavelmente dava câncer.

Não lembro muito bem, mas acho que estávamos em agosto. Aquela época do ano em que era bom ficar debaixo do sol nos dias frios, *fazendo fotossíntese*, como dizíamos. Absorvendo o máximo de calor para quando esfriasse ainda mais.

Não ventava muito, então o sol nos aquecia. Se fôssemos para a sombra, provavelmente passaríamos frio. Por isso sentamos ali, perto de uma árvore, mas não próximos o suficiente para que a copa nos roubasse o calor.

Foi uma das últimas semanas razoavelmente comuns dos meses que se seguiriam. Eu estava prestes a entrar em um mundo tomado por hormônios adolescentes, dúvidas e alcoolismo alheio. Até então, éramos apenas dois moleques. Minha única emoção era ir à praça nos fins de semana e tentar convencer minha mãe de que ela precisava de comida para sobreviver.

— Vai doer? — perguntei.

Anne riu. Era óbvio que ia doer. Ela estava prestes a enfiar um cotonete afiado no furo da minha orelha. Ela me olhou com um sorriso sinistro enquanto cortava o bastão azul com um canivete, fazendo uma ponta que imitava um cateter. Quase me arrependi de não ter ido a um estúdio. Fiquei olhando os desenhos e as assinaturas feitos com canetas e corretivos no banco em que estávamos sentados, tentando me distrair. Incrível a quantidade de porcaria que alguém era capaz de escrever num banco de escola. Um dos alunos desenhou um pênis com os dizeres "sente aqui" ao lado. Era um pouco patético, uma piada de quinta série, mas provavelmente feita por algum garoto da mesma idade que a gente. A maturidade ia para o saco quando havia um banco a ser riscado.

Anne jogou mais álcool no canudo e nas mãos. Perguntei-me se aquela era a melhor forma de esterilizar os materiais, mas não havia muito a ser feito.

— Preparado? — ela perguntou.

— Acho que sim — respondi com a voz falhando.

Sim, eu era um covarde. Meu estômago afundava só de pensar naquele negócio sendo enfiado pelo meu pequeno furo de brinco comum.

Peguei o celular da mochila e coloquei uma música em volume baixo para tocar. Quem sabe aquilo serviria para me distrair. Eu confiava nela, na Anne. Ela sempre tinha estado ao meu lado, mesmo nos momentos mais ferrados da minha vida. Como naquela vez, três anos antes, quando meus pais se divorciaram. Ela foi até a minha casa na chuva. Chegou lá encharcada, tremendo de frio. "Você é doida", eu disse. Ela não se importava. Minha mãe lhe deu uma toalha para se secar, e a Anne fez chá para nós três. Ela conseguiu transformar o pior dia da minha vida em uma das melhores noites que tive na companhia da minha mãe. Choramos juntos e dissemos tudo o que tinha para ser dito e que fora ignorado durante catorze anos. Foi a última vez que vi meu pai.

Eu não costumava gastar muito tempo pensando aonde ele poderia ter ido ou como poderia estar. Não queria nada que viesse dele, a não ser distância e a pensão na conta da minha mãe todo mês.

Antes que fosse embora, eu tinha medo dele. Era o tipo de homem de poucas palavras, mas que, quando desafiado a interagir, fazia isso de forma violenta. Minha mãe o idolatrava de uma maneira que eu nunca consegui entender. Eu sempre tentava ficar fora do caminho, me enfiando no quarto para ler, estudar ou qualquer coisa. Acho que ele tinha vergonha de mim, para falar a verdade, já que eu era um garoto franzino e tímido que não fazia nada a não ser jogar video game e ler sobre criaturas marinhas e dinossauros.

Anne chamou a minha atenção, estalando os dedos na frente do meu rosto.

— Sério, se você não quiser fazer isso, tem que me dizer agora.

Neguei com a cabeça e falei para mandar bala. Deixei meus devaneios de lado, já que eu tinha coisas mais importantes para sentir, como o cotonete abrindo espaço milímetro por milímetro na minha carne. Fechei os olhos e apertei as mãos com força. Prestei atenção na música do Phoenix saindo do celular, sem compreender direito qual canção tocava. Mordi a língua para não reclamar da dor e não parecer fraco na frente dela.

Anne era daquelas meninas marrentas que tentam esconder toda e qualquer fraqueza. Ela furara as próprias orelhas. Isso me dava um pouco de confiança de que ela sabia o que estava fazendo, mas também fazia eu me sentir inferior. Não em um mau sentido. Os problemas dela eram muito piores que os meus, mas eu é que ficava me lamentando pelos cantos. Só queria ser forte igual a ela, que aguentava merda todo dia e se mantinha firme. Eu já tinha me questionado se o que sentia por ela era amizade ou algo mais. Nós nos conhecíamos desde sempre, o que deixava tudo mais confuso. A mãe da Anne havia morrido durante o parto, e minha mãe tinha sido a ama de leite dela. Nascemos no mesmo dia, no mesmo hospital. Tentei por muito tempo colocar na minha cabeça que éramos como irmãos, mas eu sentia um frio na barriga quando ela tocava em mim, algo que estava longe de ser um sentimento inocente.

Anne transpassou minha orelha com o cotonete. "Próxima orelha!", ela disse, com empolgação. Meu lóbulo latejava de dor.

— Sério, você tem o quê, algum tipo de tara por tortura?

— Não, só quando é para torturar você.

Aí ela deu aquele sorriso lindo e eu tive que desviar o olhar. Ela tinha cortado o cabelo fazia pouco tempo. Estava na altura dos ombros, os fios desalinhados e rebeldes. Uma faixa vermelha os prendia para trás. Contraste perfeito com seu rosto delicado. Eu gostava da forma como ela se vestia, sempre com roupas surradas. O All Star estilo bota por cima das calças. Um vermelho, um preto. "Cadê o uniforme?", os professores perguntavam, e ela dava de ombros. Acabei deixando de usar também. Principalmente no inverno. O moletom da escola não era quente o suficiente. O casaco com a estampa da Chiquinha, do Chaves, que ela usava naquele dia, parecia muito mais aconchegante.

Éramos motivo de piada, ela e eu. Mas tínhamos um ao outro, então não era um grande problema. E bastava, na maioria das vezes.

Sempre achei interessante como na escola você é definido pelas roupas que veste ou pela música que ouve. No meu caso, as calças *skinny* ("como você entra dentro disso, ô, imbecil?"), a camiseta de banda ("você tem que ter problemas mentais para escutar isso") e o cabelo ("seu emo tosco") eram os maiores motivos de provocações. Sendo que nem franja eu tinha. Aparentemente, o simples fato de você não gostar da banda da modinha era o suficiente para ser considerado anormal.

Claro que meus colegas nunca perdiam a oportunidade de me provocar por eu ter uma mãe alcoólatra e um pai que nos abandonou. Os óculos, por incrível que pareça, eram o que menos zoavam.

Anne foi apelidada de Bruxonilda, o que para ela era um elogio. "Adoro a Bruxonilda", costumava dizer, como resposta. Gostava mesmo e não dava a mínima para as piadas.

Estudávamos em uma escola pública bem grande, no centro da cidade. As paredes haviam sido pintadas de cinza semanas antes, numa tentativa de evitar as pichações. Nem preciso dizer que tinha sido inútil. Em poucas semanas, estava tudo pichado novamente. Penso que a melhor coisa que podiam fazer com as paredes era contratar uns grafiteiros para fazerem algum desenho legal. Só assim acho que os outros garotos parariam de desenhar peitos e bundas por ali.

Nessa época nós só frequentávamos aulas o bastante para não reprovarmos, o que nos dava direito a uma matéria perdida vez ou outra. Não nos importávamos, e não era como se alguém fosse sentir a nossa falta naquela espelunca.

Anne já havia encostado o segundo cotonete cortado na minha orelha quando nos assustamos com os pombos voando. Ela xingou e enfiou rapidamente tudo o que estava sobre o banco dentro da mochila. Um dos seguranças se dirigia até nós. Pelo jeito a escola não tinha problemas com alunos matando aulas, desde que não colocassem alargadores pelo pátio.

Pegamos nossas coisas com a agilidade de quem mata aula com frequência e corremos dali. O homem atrás de nós gritou algo, mas não prestei atenção no que ele disse. Como não se pode vencer todos os dias, em poucos minutos estávamos sentados na diretoria levando uma suspensão.

Foi mais ou menos nessa época que tudo passou a dar errado. A começar pelo namorado novo da Anne. E foi quando também descobri que eu não apenas gostava dela. Eu *gostava* dela.

Enfim.

Era agosto, estava frio... foi uma droga!

2

Não havia muitas coisas que me davam prazer quando comparadas com o número de coisas que me aborreciam. Jogar video game, ouvir música, ler um livro de uma vez só. Às vezes eu gostava de ficar sozinho sem fazer nada de especial, e outras vezes a solidão me incomodava.

Odiava filas, ônibus, multidões, gritaria, barulho de carros e construções. Eu precisava estar preparado psicologicamente para poder ir a uma festa ou frequentar praças de alimentação em shoppings. Excesso de gente me incomodava. Muito. Fazia com que eu me sentisse sufocado. De qualquer maneira, uma coisa que eu gostava de fazer era passar o tempo com a Anne. As pequenas aventuras, fruto de nossa irresponsabilidade, são alguns dos momentos que guardo na memória.

Naquela oportunidade, saímos da sala da diretora de cabeça baixa, mas apenas para fazer cena. Assim que a porta se fechou, corremos pelos corredores, contendo o riso. Em nosso mundo, suspensão era uma ótima maneira de poder ficar dormindo até tarde. Não era como se a minha mãe bêbada fosse se importar e brigar comigo, nem como se o pai maluco da Anne fosse deixá-la de castigo.

Fomos da escola direto para o McDonald's e pedimos milk-shakes e sanduíches da promoção. Sentamos em uma mesa afastada, de poltronas acolchoadas. O cheiro de batata frita me deixava morrendo de fome e fazia o sanduíche parecer ainda menor do que era, mas eu sempre me recusava a pagar por aquelas batatas que pareciam papelão.

— Temos que terminar sua orelha, Rafa — Anne lembrou, dando uma mordida no lanche.

Meu lóbulo direito ardia horrores com o cotonete ainda enfiado. Sério mesmo, doía demais.

— Você não quer fazer isso aqui dentro, né?

— Claro que não, vamos pra sua casa depois. Tá doendo?

— Óbvio, Anne. Tá latejando e tudo.

— Te dou um antisséptico pra passar depois.

— Depois quando? Não quero perder a orelha.

— Deixa de frescura. Não vai acontecer nada.

De onde estávamos dava para ouvir o sino da escola. Já era meio-dia e as aulas haviam acabado, isso significava que já estava na hora de ir embora. Muitos alunos iam almoçar ali, e a gente odiava ter que dividir o teto com aquele bando de remelentos. Se fosse só o povo da escola pública, tudo bem, mas o lugar lotava de playboys leitinho com pera. Eu já estava me levantando quando Anne segurou minha mão e calmamente pediu para que ficássemos. Ela era assim. Muito calma quando queria, mas explodia do nada e virava o bicho. Era engraçado – quando a bronca não era comigo.

— Eles vão zoar a gente — eu disse.

— Não tem importância, deixa eles falarem o que quiserem.

Essa costumava ser a política dela. Mas o fato era que eu me importava de ser chamado de alguns dos nomes que eles diziam. Podia apostar que a primeira coisa que notariam seria o canudo na minha orelha.

Voltei a me sentar ao lado dela, contra a minha vontade. Em poucos minutos o lugar estava lotado de estudantes. Anne rolou os olhos para um grupo de pessoas que se acomodou perto de nós e logo fomos surpreendidos por duas meninas sentando-se à nossa mesa.

Jéssica e Tamirys. Sim, Tamirys com Y. Nós as chamávamos de Ratazana e Urubu. Eram as duas meninas mais otárias da classe, que nos infernizavam havia anos. Eram tão chatas que me dava vontade de vomitar na cara delas.

— Bom dia, meninos — disse Jéssica. Dava para sentir seu perfume enjoado do outro lado da mesa.

— Ora, bom dia para vocês duas — Anne respondeu, com o maior sorriso falso que conseguiu montar na cara.

Jéssica olhou para mim, torcendo a cabeça como um cachorro faria.

— Rafael — ela disse —, eu sei que sua mãe é uma bêbada e seu pai te abandonou por motivos óbvios, mas não tinha ninguém pra te ensinar a usar cotonete? Você colocou no buraco errado.

Como sempre, tudo o que eu sentia era um mal-estar no estômago. Minha sorte era ter Anne para me defender, ou eu sairia dali correndo igual a um moleque besta.

— Jéssica, mil perdões. Tenho vários outros cotonetes aqui se você quiser enfiar em seja lá qual buraco você prefira enfiar as coisas.

Enquanto Jéssica gastava todos seus neurônios pensando em uma resposta, Anne me pegou pela mão e fomos embora. Só tive tempo de me espichar e agarrar meu copo de milk-shake.

Nesse momento minha mente começou a viajar e parei de ouvir o que ela dizia. Só o que eu pensava era na mão dela na minha, e, depois de um tempo, no meu sonho acordado, nossas mãos estavam em lugares completamente diferentes e inapropriados.

Fomos para a minha casa. Eu e minha mãe morávamos numa casinha que até era simpática. A pintura verde estava desgastada aqui e ali, mas nada que a deixasse muito feiosa. Morávamos ali desde sempre. Por dentro era comum – não nos sobrava dinheiro para gastar com decoração ou móveis melhores. Mas não era de todo ruim.

Minha mãe estava dormindo no sofá da sala, então subimos até meu quarto em silêncio. Não tinha muita coisa por lá além da cama, da escrivaninha e do armário. Alguns pôsteres ocupavam espaço na parede, e num canto ficavam minhas pilhas de livros comprados em sebos.

Anne largou a mochila em um lado, o casaco em outro e chutou os tênis para um terceiro canto do quarto, destruindo meu perfeito equilíbrio de organização. Eu gostava de deixar tudo impecável. O resto da minha vida era um caos, e a casa estava sempre bagunçada, já que minha mãe passava seus dias bebendo e assistindo ao canal de vendas da Polishop na televisão. Eu tentava deixar tudo em ordem, mas ela sujava mais rápido que eu limpava. Então meu quarto era o santuário. Não reclamei com a Anne até porque sabia que ela não dava a mínima. Ela se jogou em minha cama minúscula e eu sentei com as costas apoiadas na parede, recuperando o fôlego.

— Eu odeio isso — comentei, depois de um tempo. — Sério, qual o problema deles, por que não deixam a gente em paz?

— Porque ser estranho é dez vezes melhor que ser normal. Eles têm inveja — ela respondeu.

— Você tem problemas mentais — eu disse.

— É, eu sei — Anne falou. — Ninguém nunca te invejaria.

— Obrigado.

Ela provavelmente tinha razão.

3

Descansamos um tempo, falando bobagens, e depois ela terminou o serviço nos meus lóbulos. Retirou os canudos de cotonete e colocou os alargadores pretos. Lavei as orelhas e fiquei me encarando no espelho, tentando adivinhar se agora minha aparência estava melhor, pior ou só dando mais motivos para os outros me chamarem de emo – um insulto que eu estava longe de entender. Ninguém ofendia outra pessoa dizendo "ei, seu metaleiro" ou "você ouve pagode". Ou, sei lá, "cara, você gosta de chocolate". Onde estava o insulto? Chamarem você de algo que você gosta ou respeita seria um insulto em que mundo? Eu sentia algo parecido quando me chamavam de gay. E se eu fosse? Não era uma ofensa válida, não era um motivo de vergonha. Eu ficava incomodado mesmo era quando falavam da minha família. Nunca fazia nada para provocar ninguém, e eles vinham com aquelas histórias bestas e os xingamentozinhos ridículos.

E aí a Anne olhou para mim e disse que eu estava bonito. Devo ter ficado absolutamente vermelho. Acho que não respondi nada. Só me lembro de ter ligado o som para tentar não me sentir constrangido. Isso jamais tinha acontecido. Sempre passávamos um tempo juntos, e constrangimento nunca tinha feito parte do pacote. Aparentemente, meus hormônios estavam trabalhando demais, ou era o corpo dela que vinha mudando tanto, anuviando minha cabeça. Céus, o que estava acontecendo comigo?

Anne escolheu um álbum qualquer para tocar e deitou a cabeça em meu colo.

— Você anda muito folgada — eu disse.

Ela encolheu as pernas e se virou.

— Estou com sono — respondeu. — Não dormi a noite passada.

Ela ficou ali deitada, de olhos fechados, com enormes olheiras em volta deles. Passei a mão pelos ombros dela e foi quando vi uma enorme mancha roxa. Tirei a mão imediatamente, com meu estômago embrulhando.

— Ele ainda está te batendo? — perguntei.

Ela me olhou vagamente, apoiando a mão no hematoma.

— Claro que bate, Rafa. Sempre bateu e sempre vai bater.

Sacudi a cabeça. O que fazia um pai bater na filha do jeito que acontecia com ela? Por mais medo que eu tivesse do meu pai quando ele estava com a gente, nunca tinha apanhado dele daquele jeito, a ponto de ficar com marcas.

— Você não deveria mais deixar isso acontecer. Por que não conta pra alguém? Denuncia, sei lá.

Anne deu uma meia risada.

— Ai, Rafa, sério. Você sabe como as coisas funcionam.

Eu não estava interessado em saber como ela achava que as coisas funcionavam. No meu mundo, filhos não apanhavam dos pais, e era daquele jeito que as coisas deveriam funcionar.

— E suas tias? Já pensou em ficar na casa delas? Não que seu pai fosse se importar, caso você se mudasse.

— Minhas tias? Claro que não, prefiro apanhar a viver com elas. Já me acostumei a levar porrada de qualquer forma.

Não respondi nada. Ela dizer que tinha *se acostumado* com aquilo me dava náuseas. Eu não fazia ideia de como ajudá-la, mas esperava que aos poucos ela começasse a me ouvir mais e talvez, quem sabe, fosse embora daquela casa.

Anne tinha duas tias solteironas, gêmeas e megarreligiosas. Às vezes a gente falava de ela ir para lá, mas as tias eram o ápice do insuportável. As duas doidas soltavam comentários desagradáveis o tempo todo. Não faziam nada além de ficar em casa coçando e enchendo o saco de quem estivesse em volta.

No aniversário da Anne de quinze anos, elas ficaram aporrinhando por causa da roupa dela, dizendo que ela iria para o inferno e coisa e tal. Aí a gente pôs um som, e nem era dos mais pesados. Elas surtaram na hora e nos mandaram desligar. Na boa, elas não liam livros, não assistiam novela, nada. Tentaram até convencer a Anne a queimar a coleção de Harry Potter dela.

— Não gosto de ver você assim, Anne. Sério — insisti.

— Eu sei, Rafa. Eu também não gosto de ser machucada. É o que tem pra hoje.

— Isso é ridículo, você não se cansa? Até eu já me cansei.

— Eu também me cansei da sua mãe bêbada falando merda, Rafa, mas somos menores de idade e não temos onde cair mortos. O que você sugere? Fugir?

— Eu sei, Anne, só queria que tivesse algo que pudesse ser feito.

Ela virou para o meu lado, me abraçando pela cintura. Minha cama estava pequena para mim; para nós dois, então... ela encolheu as pernas. Os pés cobertos por meias roxas. Escondeu o rosto na minha barriga, numa rara demonstração de afeto.

Minha mãe entrou no quarto e ficou olhando pela janela. Ela fazia isso de vez em quando. Ficava ali na porta com a mão na maçaneta olhando para o nada. Ela estava usando o mesmo roupão fazia cinco dias. O cabelo preto virado num caos.

— Oi, crianças — ela disse. — Juízo, viu?

E foi embora, dizendo que iria tirar uma soneca. Nem parecia entender o que estava falando.

— Quão pesado você acha que sua mãe vai dormir? — perguntou Anne.

— Bastante. Por quê?

— Queria saber se posso ficar aqui esta noite. Não quero apanhar de novo do meu pai. E ele meio que vai me bater mais que da última vez se eu voltar pra casa hoje.

— Por quê? — perguntei, mesmo sabendo que ele não precisava de muitos motivos para fazer o que fazia. Na cabeça dele, a Anne ter "matado a mãe no parto" já era suficiente.

— Eu queria ter te contado antes — ela disse.

— Contado o quê?

Ela ficou em silêncio, respirando fundo. Eu acariciei seus cabelos e ela torceu a boca.

— Eu realmente queria ter te dito isso antes. Só que tudo foi meio que corrido. Então, posso ficar aqui?

— Claro que pode — respondi. — Mas por que seu pai vai te bater mais especificamente hoje?

— Rafa, você lembra quando eu fui ao bar e você preferiu ficar em casa sendo você mesmo?

— Lembro, foi *dois dias atrás*. Minha memória não é tão horrível assim.

— Então, é que eu meio que conheci alguém e nós ficamos e meu pai viu a gente se beijando na porta de casa.

Essas palavras entraram em meu ouvido uma por uma, e, uma a uma, meu cérebro tentou ignorá-las. Ou achar que tinha entendido errado. Devo ter feito uma puta cara de idiota tentando absorver o que ela tinha dito.

— Você o quê?

— Fiquei com um cara.

— E como seu pai viu isso?

— Ele viu ontem de manhã, quando eu cheguei em casa.

— Você *dormiu* com ele? — perguntei, como se fosse da minha conta.

— Claro que não. Só ficamos até muito tarde na rua. Aí meu pai viu, mas eu me arrumei correndo e fui direto pra escola. Por isso que tô com esta cara de traseiro hoje.

A última coisa que eu queria imaginar era Anne beijando outro cara. Tentei me esforçar para parar de pensar naquilo, pois era claro para mim que ela não me via como nada além de um amigo. Nem eu sabia direito o que sentia por ela, e morria de vergonha só de pensar nisso.

— Você vai vê-lo de novo? — foi só o que consegui perguntar. Se eu falasse demais, era possível que ela percebesse que talvez eu estivesse interessado nela.

— Acho que sim, ficamos de combinar pela internet depois.

— E seu pai não vai surtar se você não for pra casa?

— Com sorte, ele nem vai perceber.

— E aí, qual é a desse cara?

Então ela começou a contar um monte de coisa e tudo o que entendi foi que ele era tão legal, incrível, forte, inteligente e descolado que me deu vontade de vomitar. Apostei que fosse um daqueles caras *blasés* que falam de vanguarda e usam as roupas dos avós. Apostei também que ele tinha bigode.

Sério, qual era a coisa com o bigode? Todo mundo estava usando bigode. Era capaz de as garotas começarem a deixar crescer bigode também. Rolava até uma campanha imbecil na internet para que os caras deixassem a barba crescer. Ridículo.

Eu o odiei imediatamente.

Anne começou a rir, olhando para a minha cara de bochechas rosadas.

— Você está com ciúme — ela disse.

— Claro que não — respondi.

— Então é inveja, porque você não beija uma garota há muito tempo.

— Como se tivessem muitas garotas dispostas a me beijar por aí.

— Deixa de maluquice. Até que você é bonitinho — ela riu.

Fiquei quieto. Bonitinho era o típico elogio que as pessoas faziam quando não tinham interesse em alguém. Era a prova máxima que eu precisava para saber que ela tinha tanta atração por mim quanto pela tia da cantina.

Eu me perguntei o que aconteceria se algo rolasse entre nós e desse errado. Eu a perderia para sempre, e não queria isso. Talvez fosse um sacrifício necessário, perder a garota e ficar com a amiga, com alguém com quem eu sempre poderia contar.

Anne dormiu na minha cama enquanto eu fazia o dever de casa.

Eu não consegui dormir direito naquela noite, com a cabeça cheia de besteiras e pensamentos sem sentido. Preciso admitir também que eu não era uma pessoa muito legal, e, apesar de tudo que estava acontecendo com a Anne, não consegui deixar de pensar nela de maneira não muito romântica. Nem a ducha fria ajudou a resolver o problema.

Enquanto eu estava no banho, ela se levantou e puxou o colchão que ficava embaixo da minha cama. Quando voltei, ela já estava dormindo ali. Deitei e fiquei com os olhos pregados no teto e as mãos sobre a cabeça, tentando ao máximo não colocá-las dentro da cueca. E isso só aumentava ainda mais o desprezo que eu sentia por mim mesmo.

Eu costumava pensar que era um daqueles garotos românticos que esperavam a pessoa certa com quem ficar, e fui perceber depois que era igual a todo mundo. Apenas por sorte do destino já havia beijado garotas, mas nenhuma realmente especial. Em shows e lugares do tipo. Eu tinha dúvidas se algum dia conseguiria encontrar alguém que realmente gostasse de mim, e lá dentro eu sabia que essa pessoa não seria a Anne.

Na manhã seguinte, explodiu a bomba de culpa por ter pensado nela no chuveiro. Assistimos ao *Dragon ball* comendo cereal sem que eu conseguisse olhar para ela. Eu me sentia uma criatura nojenta e indigna (sim, eu sei que sou dramático). Sentia raiva de mim por aquele tipo de coisa e morria de vergonha. O mais complicado era que, embora não fumasse ou bebesse, eu tinha um comportamento autodestrutivo também. Algo que eu escondia de todos.

Não, eu não usava nenhuma droga.

Eu me cortava.

Esperei a Anne ir embora e subi para o meu quarto, liguei o som, abri o livro que deixava na gaveta da mesa e tirei do meio de suas páginas uma lâmina de barbear.

Uma coisinha leve, pequena e afiada.

Encostei a lâmina no braço e respirei fundo.

Fiz dois cortes *across the street* no meu punho. O tipo de corte fundo apenas o bastante para que doesse um pouco e sangrasse. Não muito, eu não queria morrer. Se eu quisesse já estaria morto.

Fiquei ali observando as gotas vermelhas brotarem da ferida antes de lavar o braço e esconder os cortes com uma munhequeira. Eu me sentia culpado por me cortar e me cortava por me sentir culpado. Só por isso dá para imaginar como a culpa, a vergonha e o medo faziam parte de mim. Aonde aquilo me levaria? Era um círculo vicioso doente do qual eu não via saída.

A única coisa que conseguia me distrair, fazer minha mente se calar e tirar um pouco do peso em meu peito era aquilo. Uma lâmina de barbear escondida dentro de um livro. Pode parecer estúpido, mas funcionava para mim. Só queria que a angústia passasse, e a dor física parecia ajudar naquela outra coisa que eu sentia e não sabia de onde vinha. Aquela agonia eterna que nos corrói por dentro, aquele peso que, não importa o que você faça, nunca sai dali. O alívio durava poucos segundos, mas era o suficiente para me fazer aguentar mais um dia. Eu sabia que aquilo não me levaria a lugar algum. Já estava lutando para tentar parar fazia meses, mas só a força de vontade não estava adiantando nada.

A semana seguinte acabou sendo um inferno. Cumprimos nossa suspensão, Anne apanhou do pai por beijar um garoto, minha mãe desmaiou, roubaram meu caderno de anotações e o jogaram na privada, um cara esbarrou de propósito em minha orelha quase inflamada e doeu pra cacete.

A pior parte foi a Anne tagarelando sem parar sobre o cara com quem ela tinha ficado. Ele parecia legal e descolado, e eu estava de saco cheio de ouvir aquilo. Ele já cursava faculdade, enquanto eu e Anne terminávamos o ensino médio. E cada dia da semana ia ficando pior porque eu iria conhecê-lo na sexta-feira.

Na quinta-feira passei mal, na sexta quis pegar dengue para poder matar aula e não precisar ver os dois juntos. Mas quando chegou o dia, lá estava eu, com minha roupa mais legal e o cabelo o menos ridículo possível, tudo para tentar impressionar um imbecil por quem minha amiga estava apaixonada. História da minha vida.

4

— Você vai gostar dele — disse Anne —, vocês vão se dar bem. Ele gosta das mesmas bandas que nós.

Eu duvido, pensei. Duvido, duvido.

A aula acabou e ele veio buscá-la no portão da escola. Foi horrível, dez vezes pior que a minha pior imaginação. Ele era alto, bonito, de barba malfeita (claro, a barba estava lá), cabelo perfeitamente desalinhado, roupas bem-passadas. Jesus, se eu fosse gay até eu me apaixonaria. Como eu poderia competir com aquilo? Senti mais vergonha de mim mesmo do que achei que seria capaz. Quis correr e me esconder em um buraco qualquer. Pegar tétano da lâmina de barbear, qualquer coisa para não estar ali.

Ele chegou andando de cabeça erguida no meio de todos aqueles alunos que estavam indo embora. Anne sorrindo igual a uma imbecil ao meu lado. Eu só queria desaparecer.

O cara a cumprimentou com um beijo e estendeu a mão para que eu a apertasse. Minha vontade era falar uma série de coisas.

Vá se foder, pensei.

Queria ter dito que não machucasse minha amiga, que cuidasse bem dela, que fosse à merda, mas tudo o que disse foi:

— Oi.

Eu me peguei pensando se ele a trataria bem, se ele partiria seu coração, se ela gostava mesmo dele, se ela perderia a virgindade; fiquei me fazendo um monte de perguntas quando a única coisa que eu realmente queria saber era se ela algum dia sentiria por mim o que sentia por ele.

Os dois se beijaram na minha frente. Eu me virei e comecei a me afastar.

Lá estava a garota de quem eu gostava ficando com outra pessoa, e eu precisava aprender a aceitar o que estava acontecendo. Só sei que fui embora e os deixei ali. Não foi a melhor coisa que podia ter feito, eu sei. Queria parecer despreocupado, e fugir era uma péssima maneira de tentar passar essa impressão, mas era melhor do que ficar ali vendo aquilo.

Fui para a rua e soquei os fones nos ouvidos. Coloquei Cursive ou qualquer outra coisa infeliz o suficiente para ser minha trilha sonora do dia. Olhei para trás o tempo todo, imaginando se os veria por ali, andando de mãos dadas ou coisa que o valha, mas eles ainda deviam estar no portão se agarrando.

Eu morava perto da escola, e a caminhada durava só uns quinze minutos. Já pensara em arrumar uma bicicleta, mas tinha um medo mortal de ser atropelado, então sempre deixava essa ideia de lado. Preferia andar na calçada, com a segurança de minhas próprias pernas. Às vezes eu achava que sequer tiraria carteira de motorista, me imaginando bater o carro na primeira volta.

Cheguei em casa e fui para a cama. Enfiei-me debaixo das cobertas como se tivesse cinco anos de idade. A televisão lá embaixo gritava, informando que quem ligasse naquele momento ganharia sei lá quantos brindes da Polishop, mas a única coisa que eu queria ganhar era minha mãe de novo. Pouco me importava o imprestável do meu pai, mas minha mãe eu queria de volta. Depois de anos vivendo daquela forma, eu já estava farto de ter que tomar conta dela, como se eu fosse o adulto, e não o contrário. Era sempre igual. A televisão ligada. O locutor do canal de vendas. O silêncio e o desconforto da falta de diálogo. Às vezes ela chorava no quarto e eu podia ouvir os soluços, e essas noites eram as piores. Eu fazia o que podia para tentar ajudar, mas enquanto ela não voltasse para a reabilitação, havia pouco que eu pudesse fazer.

Ela já tinha tentado controlar o alcoolismo algumas vezes, mas nunca dava certo, e sempre recaía. Eu tentava não julgar. Comparava o que ela vivia com o meu próprio problema de automutilação. Eu também não conseguia parar; como podia questionar minha mãe? Ela ainda tinha coragem de ocasionalmente procurar ajuda.

Eu nunca esqueci a primeira vez que a vi bêbada. Ela estava largada no banheiro em cima de uma poça de vômito. Os braços apoiados na privada, ambos imundos. O cheiro, nossa, o cheiro. A ânsia de vômito que senti ao vê-la daquele jeito em meio à sujeira. Tive que arrastá-la até o chuveiro para lhe dar um banho. Tirei as roupas imundas, enfiei numa sacola e taquei no lixo. Ela apenas balbuciava enquanto eu a molhava com o chuveirinho para tirar os restos de vodca e comida de cima dela.

Depois de um tempo acabei me acostumando com a situação. Não aceitando; apenas aprendi a lidar melhor com aquilo. Ainda não era o ideal, mas melhor do que ficar chorando em um canto.

Naquele momento, no entanto, tudo o que pensava era que eu queria minha amiga de volta. Eu sabia que fazia só uma semana que ela estava com aquele cara, mas já sentia um distanciamento. Cada palavra dela tinha a ver com ele, e eu sentia uma inveja horrível. Tinha tentado ficar feliz por ela. Tinha mesmo, mas não consegui. O Michael era tão isso, tão aquilo. Era tudo o que eu não era e mais um pouco.

Levantei da cama e fui para o Facebook fuçar a vida alheia. Achei fácil o cara, ele tinha deixado uma mensagem no mural da Anne. Uma recomendação de banda. *Que panaca*, pensei. Que tipo de *poser* a Anne seria se não conhecesse aquilo? Mas estava ali no mural dela aquele quadradinho com a foto ridícula dele fazendo uma pose descolada e mostrando quão *hipster* ele era. O queixo erguido em superioridade masculina. O macho alfa dos indies.

Desliguei a porcaria do computador. Aumentei o volume do som e fui ser miserável fazendo outra coisa. Dever de casa, arrumar o quarto, ler, qualquer coisa que me deixasse longe da tentação de investigar mais sobre ele.

No sábado, acordei com uma mensagem da Anne no celular.

Ann S2: Você sumiu ontem. Vamos fazer algo hoje, eu, você e o Michael.

Não, obrigado, pensei.

"Sim", respondi.

Larguei a Anne no celular e desci até a cozinha atrás de algo para comer. Minha mãe estava à mesa bebendo uma xícara de café. Não entendi nada. O café da manhã dela costumava ser pinga com bolacha de água e sal.

— Mãe, você tá bem?

Ela me olhou com aqueles olhos vermelhos e vazios. Nossa, eu tinha um baita dó dela quando a via daquele jeito. Estava absurdamente magra, a pele pálida e sem vida.

Minha mãe sempre foi boa de copo, mas começou a beber mesmo quando meu pai nos deixou para ficar com a amante. Não sabia há quanto tempo estava dependente. Chegou num ponto em que já não passava um dia sem beber. Perdeu o emprego, perdeu os amigos e até a família. Meus tios praticamente ignoravam sua existência. Minha tia Mariana, irmã da minha mãe, havia pagado o tratamento numa clínica de reabilitação somente para jogar dinheiro fora. Minha mãe ficou sóbria apenas por uma semana. Depois daquilo, pararam de se importar. Diziam que não era mais problema deles. Eu ainda me importava, mas o que diabos um moleque de dezessete anos como eu poderia fazer?

Fiz um sanduíche para ela, lavei a louça e dei uma ajeitada na sala. Minha mãe até sorriu antes de sentar a bunda no sofá e ligar a televisão. Tirei do canal da Polishop e zapeei até parar numa dessas séries de humor que reprisam a semana toda. Ela ficou lá, agarrando a xícara de café quente e mastigando o sanduíche. Sério, era uma cena muito rara. Não tive certeza de que estava sóbria. Talvez estivesse usando alguma outra droga.

Mas daí ela abriu a boca e perguntou:

— Como está a Anne?

Foi quando tive certeza de que ela estava sóbria de verdade. Pensei seriamente em correr pela casa atrás de todas as garrafas de bebida e jogar tudo na pia. Mas vai saber, era capaz de ela ficar brava e sair quebrando tudo. Eu achava um milagre ela nunca ter batido em mim. Dizem que alcoólatras são violentos. O curioso era que o pai da Anne não bebia, e mesmo assim batia nela o tempo todo. Meu medo era que a Anne ficasse violenta igual a ele um dia, mas ela era boa demais para isso.

— A Anne tá bem — respondi. — Como está o sanduíche?

A pergunta era ridícula, eu sabia, mas queria puxar conversa; era isso ou perguntar qual a novidade mais quente da Polishop.

Ela deu mais uma mordida e disse que estava bom. Observando bem, percebi que ela estava mesmo com uma aparência melhor, as olheiras menos aparentes. Sei lá, posso ter só imaginado. Quem sabe era o que eu queria ver. Aquilo tudo me dava medo. Já estava acostumado a viver naquela rotina, e aquela simples mudança foi estranha para mim. Dizem que, antes de uma pessoa piorar, ela melhora um pouco. *Espero que ela continue assim*, pensei. Esperava não estar me iludindo.

De qualquer maneira, voltei para a internet com o plano de ficar vadiando. Entrei no perfil da Anne para *stalkear*, e ela tinha respondido a "recomendação" de música do Michael com um emoticon de sorriso. Nem para dizer que já conhecia. Aposto que o cara ficou em casa se achando. Grande coisa.

Anne mandou mensagem para combinar o que faríamos à noite. Ela queria ir num pub que ficava de frente para o mar, disse que teria uma banda legal tocando, a Say Hello sei lá das quantas. Okay, eu disse, sofrendo só de pensar em ter que segurar vela para o casal. Eu estava era com medo de vomitar do nojo que sentia do carinha, com suas roupas de velho, se achando a última pitanga do pé, o último pacote de Negresco do mercado. Mas não havia muito o que fazer. Eu teria que passar por aquilo uma hora ou outra.

5

Fiquei uns trinta minutos igual a um babaca pensando no que vestir. Como se tivesse a obrigação de agradar um filho da mãe que nem conhecia. Olhava para o armário como se de repente fosse surgir uma roupa nova ali, sem conseguir me contentar com o que tinha.

Peguei a pilha de roupa suja do banheiro e desci na lavanderia, decidido a usar alguma coisa limpa naquela noite. Abri a porta da cozinha que levava para a área e, lá fora, sentada num banquinho, estava minha mãe, com uma garrafa de pinga barata.

Nós nos olhamos por um segundo que durou uma vida. Ela sem acreditar que havia sido pega escondida, e eu sem acreditar que ela estava bebendo depois de parecer tão bem pela manhã.

Caminhei até ela, que se encolheu de medo. Larguei as roupas no chão e arranquei a garrafa de suas mãos.

— O que você tá fazendo? — gritei, sem conseguir conter minha raiva. — Por um segundo eu achei que você tava sóbria.

Ela continuou encolhida contra a parede, tremendo inteira, enquanto eu a observava de cima. Soltei a garrafa na lixeira perto da porta e voltei.

Segurei as mãos dela e me ajoelhei na sua frente.

Seus olhos estavam vermelhos, com as pálpebras escuras e úmidas. A pele, como sempre, sem vida, o cabelo sujo e as unhas compridas e malcuidadas.

Ela ficou me olhando como se estivesse com medo e vergonha ao mesmo tempo. Tentei parecer calmo, segurando firme as mãos dela.

— Mãe, é sério — falei, lentamente. — A gente precisa dar um jeito nisso. Você não acha que está na hora de fazer alguma coisa?

Sem resposta.

Eu a ajudei a se levantar.

— Vamos — chamei, colocando seu braço sobre meu ombro, com o peso dela dobrando meus joelhos. Ela não se esforçava muito para ficar em pé, mas fui conduzindo-a para dentro de casa e escada acima.

O quarto dela estava caótico. Roupas por todos os lados, pratos com restos de comida e copos. Muitos copos.

Fui chutando o que havia pelo caminho até chegar à cama dela. Joguei no chão tudo que estava em cima e a deixei sentada ali.

Abri a janela, enrolei todas as roupas sujas num lençol e o joguei dali de cima, deixando que caísse na área, para lavar depois.

Coloquei uma roupa de cama limpa e a deitei, buscando água em seguida.

Ela bebeu o copo de água inteiro. Parecia um pouco mais calma depois do choque.

— Como você tá?

Ela balançou a cabeça para cima e para baixo.

— Mãe, você precisa reagir. Não pode ficar assim. Eu não sei o que tá acontecendo, mas você precisa fazer um pouco de esforço.

— Eu sei — a voz saiu pouco mais forte que um murmúrio.

Já era alguma coisa. Pelo menos estava falando.

Sentei-me na cama ao lado dela e ela se aninhou no meu colo. Fiquei ali, passando a mão em seus ombros, lembrando como minha mãe costumava ser antes de aquilo tudo começar.

Ela estava sempre arrumada e cuidava bem do cabelo. Gostava de espaguete quatro queijos e fazia para a gente nos fins de semana; ficava à mesa contando histórias da faculdade e das loucuras que a mãe dela fazia quando era adolescente. Ajudava-me no dever de casa, jogava video game comigo e me levava à praia.

E, de uma hora para outra, tudo aquilo acabou. Eu virei o responsável pela casa, embora não soubesse o que estava fazendo durante metade do tempo.

Foi mais difícil naquela época, quando eu mal sabia passar manteiga num pão e ferver uma água, de tão mimado que era. Mas eu precisava fazer o que precisava ser feito. E alguém tinha que tomar conta dela.

— Você precisa voltar para o AA. — falei, sem esperar que ela fosse responder.

Ela soltou um suspiro longo antes de dizer:

— Eu sei. — E acrescentou depois de um tempo: — Desculpa, Rafael.

Eu a abracei.

— Eu posso ligar para alguém se quiser. Ou para aquela clínica que você foi no começo do ano.

— Hum — ela murmurou. Eu sabia que seria difícil ela dizer que sim, admitindo que precisava de ajuda profissional para sair daquela situação.

A verdade era que minha mãe e eu éramos muito parecidos. Era difícil para mim reconhecer isso.

Éramos os dois patéticos e incapazes de conseguir melhorar e ir atrás do que nos fazia bem. Ela com o álcool, eu com a lâmina.

Ela não era capaz de se ajudar ou de cuidar de mim. E eu não era capaz de ajudar ninguém.

Agora, pelo menos, minha mãe parecia um pouco convencida a se tratar de novo. Eu deveria aproveitar a ocasião e procurar alguém rapidamente, antes que ela se afundasse mais uma vez e fosse impossível alcançá-la.

Ela adormeceu e eu saí da cama com cuidado. Tirei a louça suja do quarto e voltei para a lavanderia, jogando toda aquela roupa na máquina com quilos de sabão em pó.

Logo mais viria a noite horrível com Michael, Anne e uma surpresa desagradável de brinde.

6

Cheguei ao pub rezando para não pedirem minha carteira de identidade. Não pediram, óbvio. Até parece que eles recusariam dinheiro. O que mais tinha ali era menor de idade. Cheguei cedo, pois sabia que era um inferno encontrar uma mesa depois das onze e meia da noite. Fiquei ali com cara de tédio, jogando no meu celular e tentando ignorar a música ruim que tocava. A banda só entraria mais tarde, e eles compensavam o som bom da banda com músicas lixo. Tipo um lounge malfeito em *loop* infinito.

O lugar até que era legal. Tinha uma cortina gigante na escada, toda feita de palhetas coloridas. Você ganhava uma cuba-libre grátis se chegasse cedo. Como o bagulho era horrível, pedi uma Coca-Cola. O cheiro de cigarro estava insuportável, mas me acostumei em alguns minutos.

Anne chegou meia hora depois, abraçada àquele traste bem-vestido. Ele, com seu jeito esnobe, fazia a eterna cara de superioridade, como se conhecesse todas as bandas do mundo e entendesse de tudo ao mesmo tempo. Era um otário.

Ela estava linda, a Anne. De vestido e tênis, com o cabelo solto. Era um desperdício ficar com um cara daqueles. Ela me deu um beijo estalado na bochecha que despertou em mim algo de que eu não me orgulhava. O Michael apertou minha mão.

O problema era que eles não estavam sozinhos. Havia uma terceira pessoa acompanhando-os. Uma menina. Sim, eles tinham levado uma garota. Era um encontro às cegas. Que raiva me deu.

A menina até era bonita, mas parecia ter saído do mesmo filme que o Michael. O tipo de garota popular no Instagram que discutia arte sem entender nada do que estava falando.

Resolvi ligar o dane-se e ficar de boa. Eles pediram bebidas alcoólicas e eu, suco. Juro que aquele imbecil começou a rir quando me ouviu pedindo suco de morango com leite condensado. *Vá se foder*, pensei, e aí ele acendeu um cigarro, o filho da mãe. Ia deixar minha amiga com câncer.

Daniele era o nome da garota aleatória. Ela não riu do meu suco de morango, mas isso não me fez gostar mais dela. Eles ficaram um tempo num papo sem pé nem cabeça sobre *Hiroshima, mon amour* que me fez querer cortar os pulsos *down the road*, para ver se morria bem rápido e me livrava daquela chatice.

Céus, não sei por que aceitei passar por aquilo. Os dois estudavam juntos na faculdade, no curso de Direito. Pelo desenrolar da conversa, ficou claro que eram contra beijo gay em público e eu me perguntei como a Anne foi se envolver com aquele idiota. Só podia ser piada. Esperei que ela contestasse, mas ficou quieta, e eu acabei ficando também, o que me deixou com raiva de mim mesmo. Talvez ela só não quisesse comprar uma briga.

Para salvar um pouco a minha noite, a banda que começou a tocar era bem foda. Pelo menos eu não precisaria mais ouvir a conversa equivocada.

Mas aí, um tempo depois, Anne e o palerma saíram da mesa para ir ao bar-banheiro-cantinho se pegar ou qualquer coisa. Fiquei sozinho com aquela figura. A gente conversou um pouco sobre algum assunto irrelevante. Por sorte, nós dois tínhamos lido o mesmo livro fazia pouco tempo, o que salvou a conversa sem graça.

Ela pediu que eu me sentasse mais perto dela porque o som da banda estava muito alto. Juro que a menina simplesmente se inclinou para o meu lado e me beijou. Do nada. Fiquei tão pasmo que nem soube o que fazer. Liguei o piloto automático e a beijei de volta. Já devia fazer uns seis meses que eu não beijava uma garota. Era meio raro isso acontecer. Tipo, eu acho que só tinha beijado umas quatro até aquele dia. Eu era mesmo um lerdo. A Daniele era bonita, mas estava longe de ser meu tipo. O fato é que, se eu fosse esperar a garota perfeita aparecer, ainda seria um boca-virgem. Acho que eu só ficava com as meninas para tentar me sentir menos inútil.

A gente parou de se beijar e falei que precisava ir ao banheiro, só para sair dali um pouco. A boca dela tinha um puta gosto de cerveja, e, àquela altura do campeonato, com uma mãe alcoólatra, eu não era um grande fã da bebida.

Havia uma fila enorme no banheiro. Por acaso, logo à minha frente estava o Ferreira. O nome dele também era Rafael, então eu o chamava pelo sobrenome. Era a única pessoa além da Anne que eu podia chamar de amigo, uma das raras criaturas com quem podia desabafar sobre qualquer coisa sem ser julgado.

Eu o conheci por acaso, na praça Tamandaré, onde ia com a Anne e uns outros garotos. Ele estava andando de skate, caiu, ficou sangrando pelo nariz e fomos ajudar. Sempre achei que ele era meio imune ao frio, já que andava sempre só com uma camisa xadrez de flanela e uma jaqueta por cima. Nos dias mais frios eu não entendia como ele conseguia sobreviver.

Às vezes até usava bermuda em pleno inverno. O cabelo dele era bem cacheado, e ele tinha uma tatuagem de raposa que chamava atenção em sua pele negra.

Nós nos cumprimentamos e ele perguntou o que diabos eu estava fazendo fora de casa num sábado à noite.

— Tô sem livros novos pra ler — respondi. — E a Anne me chamou pra vir com ela e conhecer melhor o cara com quem ela tá ficando. E você, sozinho?

Ele torceu a boca e balançou a cabeça.

— Achei que um carinha que eu tava a fim estaria aqui, mas ele não veio.

— Talvez venha ainda. Tá cedo.

— Espero que sim. De todo modo, já gastei dez pilas pra entrar; então, que venham as cervejas.

Ele brindou no ar com um copo imaginário e eu apenas ri. Resolvi contar para ele da Daniele, e ele começou a rir igual a um idiota. Usamos o banheiro e fomos para o bar.

— Que droga, cara. Se fosse comigo eu teria ficado transtornado.

— Pois é — respondi. — Eu estou. Agora tô com vergonha de ir até lá e precisar encará-la. Não sei o que dizer e não quero ficar com ela.

— Diz nada, só senta no seu canto e fica longe. Não precisa dar uma de cavalheiro e ficar explicando suas razões existenciais para não querer beijá-la.

— Se eu fizesse isso não seria eu mesmo, e aí não precisava estar pensando nisso.

O Ferreira deu de ombros e pediu uma bebida no bar. Ficamos um tempo ali conversando sobre qualquer coisa, mas eu precisava voltar para a mesa. Não era justo deixar a garota lá esperando, eu não queria ser aquele tipo de filho da mãe sacana. O Ferreira se conformou com a minha decisão e nos despedimos.

A garota estava lá sozinha. A Anne e o Michael não eram vistos em nenhum lugar por perto.

— Desculpa pela demora — eu disse. — Encontrei um amigo no caminho.

— Tudo bem — ela respondeu.

— Achei que eles já teriam voltado.

Ela só sacudiu a cabeça e me sentei ao lado dela. Como eu odiava aquilo. Mas odiava mais ainda não ser sincero. Eu tinha que arrumar uma forma de dizer que não estava a fim dela.

— Escuta, Daniele — eu comecei. Como eu era palerma, credo — Para ser bem sincero — continuei —, não sabia que você estaria aqui hoje. Eles meio que não me disseram nada.

— Eu sei — ela respondeu, bem calma. — Eu sabia de você, mas imaginei que não tinham te contado. Não tem problema. E também já reparei em como você olha pra Anne.

Que droga, pensei. *Estava tão na cara assim que eu era a fim dela?* Nem tentei esconder.

— Cara, por favor, não fala nada pra eles. Conheço a Anne desde que nascemos.

— Relaxa, velho, não vou falar nada não. Mas ela já deve saber mesmo.

— Como assim?

— Ah, a gente repara nessas coisas — ela disse.

Isso acabou com a minha noite. Não que estivesse boa até ali. Se a Anne realmente soubesse o que eu sentia por ela, o que seria da minha vida? Aquele era o tipo de informação que eu queria que permanecesse secreta. Céus, o que ela devia estar pensando de mim?

Olhei para o lado em minha miséria e lá estavam os dois, se beijando.

Tive uma súbita vontade de correr até lá e meter os pés no peito dele, mas eu era um fracote e provavelmente morreria se tentasse fazer isso. E depois a Anne me odiaria por atacar o namorado dela. Mas eu ainda podia imaginar a cabeça dele explodindo, e aquilo pelo menos me consolava. Eu me senti muito distante da Anne aquele dia. Era como se não fôssemos mais amigos de infância. Parecíamos tão afastados que fiquei incomodado. Fui embora bem cedo, a banda nem tinha terminado de tocar ainda. Disse que não estava me sentindo bem, e eles acreditaram. Menos a Daniele, que sabia o que realmente estava acontecendo. Ela ficou por lá, e eu a vi beijando outro cara enquanto ia embora. Pelo menos eu não tinha estragado a noite dela também.

Fui para casa a pé, com as mãos no bolso, parecendo um completo idiota. Era óbvio que as ruas estavam apinhadas de gente bonita, feliz e rindo. Era insuportável. Aquele monte de jovens que sorriam como se a vida fosse maravilhosa, com seus drinks caros e roupas de marca, completamente despreocupados, sem ter um pingo da noção do valor das coisas, bebendo até cair como se isso fosse legal.

Achei que não tinha como meu dia ficar pior. Eu estava tão enganado, mas tão enganado... A súbita melhora da minha mãe deveria ter sido um sinal para que eu não saísse de casa. Quem sabe assim, talvez, tivesse sido diferente.

7

Levei umas vinte horas para achar a chave de casa na minha mochila. A rua estava em um silêncio absoluto. Dava para ouvir cada pedaço da minha mente falando. A verdade é que eu podia lidar com aquela coisa toda da Anne, e com aquela coisa toda da escola. Eu não podia era lidar com aquilo do outro lado da porta.

Estava escuro pra caramba lá dentro. Comecei a estranhar porque minha mãe sempre deixava a TV e as luzes ligadas. Nessa hora lembrei que ela tinha melhorado um pouco, mas também que havia tentado beber pinga escondida de mim na lavanderia. Andei no escuro até a cozinha e tateei a parede atrás do disjuntor. Antes de conseguir acender a luz, tropecei em algo grande e caí no chão.

Era comum ouvir histórias por aí sobre fulano ou sicrano, e sobre como eles tinham melhorado muito daquela doença antes de bater as botas.

Quando eu saí de casa, minha mãe estava bem. Ela tinha dormido durante boa parte da tarde e depois fora para a cozinha comer torradas com requeijão, ver novela e ler uma revista.

E era assim que esperava encontrá-la quando chegasse em casa.

Mas não foi o que aconteceu.

Esse algo grande em que eu tropecei ao chegar na cozinha era a perna dela. Da minha mãe. A maldita da perna da minha mãe. Eu tropecei na droga da minha mãe estendida no chão. Levantei assustado e corri para ligar o disjuntor. Minha mão tremia tanto que fiquei socando o botão e nada da luz acender.

Quando finalmente consegui ligar a lâmpada, eu a vi. Ela estava estatelada bem no meio da cozinha. Em volta dela, um monte de garrafas e o chão encharcado de bebida e vômito. Agarrei o cabelo, desesperado, sem saber o que fazer. Minha mente em choque. Comecei a me perguntar se ela estava morta, se tinha escorregado em cerveja e batido a cabeça, ou o que diabos tinha acontecido.

Eu tremia descontroladamente. A essa altura eu já estava chorando, sem ter coragem de me mover ou fazer sei lá o quê. Engraçado que nessas situações é meio óbvio o que deve ser feito. Ligar para a ambulância. Ver se a pessoa está respirando. Deitá-la de lado para que não se engasgue com o próprio vômito. Eu já conhecia tudo sobre coma alcoólico.

Mas fiquei ali parado, tremendo e chorando. Acho que levei uns trinta segundos para cair na real e chamar uma ambulância. Errei o endereço de casa umas três vezes até que a mulher do outro lado da linha pedisse para eu ficar calmo. Desliguei o telefone e fiz como a atendente mandara. Virei minha mãe de lado e abri os botões da sua camisa. Tudo ali fedia, e o cheiro da cachaça me deixava enjoado. Ela estava encharcada, mole igual a uma boneca. Fiquei segurando seu corpo e tudo o que pude fazer foi limpar seu rosto quando ela vomitou mais uma vez. Cheguei a tirar os óculos para não precisar vê-la naquele estado. Ela virou apenas um borrão na minha frente.

Assim que a ambulância chegou, liguei para minha tia. Apesar de não gostar muito da gente, ela disse que me encontraria no hospital. Fui na ambulância com a minha mãe sem prestar atenção em nada do que diziam. Estava tentando descobrir o que ela pretendia com aquilo. Por que tinha bebido tanto. Pensei no quanto eu a amava e que não podia viver sem ela. Na minha cabeça, começou a se formar uma versão da minha vida em que minha mãe estava morta, e as lágrimas desceram pelo meu rosto mais uma vez.

A tia Mariana cuidou de tudo no hospital enquanto eu ficava na recepção, como um inútil, olhando para a televisão sem saber que programa estava passando.

Não era raro eu me sentir impotente, mas aquela noite foi uma das piores que já tive. Começava a entender que, se minha mãe não melhorasse, logo estaria morta. Não conseguia parar de pensar que talvez a culpa fosse minha. Quem sabe eu não era um filho bom o suficiente. Se fosse, teria ficado em casa e impedido ela de beber. Devia tê-la vigiado e me esforçado mais. O que me assustava também era saber que minhas opções para ajudá-la eram mínimas. O que eu deveria fazer? Chegara num ponto em que o tratamento era a única opção. Ela nunca ia conseguir se livrar da dependência sozinha.

Fiquei lá parado, reparando nos olhares das outras pessoas que esperavam por notícias de seus familiares. Pareciam tão desamparados quanto eu.

Meu pai havia me deixado. Nunca mais tinha dado as caras desde que fora embora com outra mulher. Agora minha mãe também estava me deixando. Ela sabia que podia morrer se continuasse assim, então, na minha cabeça, as escolhas dela eram conscientes, como um suicídio lento e sofrido.

Uma autopunição levada ao extremo. Será que ela fazia tudo isso de propósito, consciente de que estava me abandonando também? Quem faria uma coisa dessas sem saber que o resultado seria a morte?

Um filho de merda era o que eu devia ser. Uma pessoa horrível. Por isso todos iam embora. Até a Anne ia se esquecer de mim agora que tinha namorado. Em pouco tempo eu estaria sozinho. Patético e sozinho. Acabaria como um daqueles velhos mal-humorados. Não conseguia parar de pensar nessas coisas. Estavam me deixando louco.

Tia Mariana voltou e veio conversar comigo. Minha mãe estava recebendo glicose na veia e ficaria na casa dela por alguns dias. Depois ela voltaria para a clínica, onde seria mais difícil evitar as recaídas. Resumindo: "Ela vai pra minha casa porque você é um inútil e não saberia cuidar dela e é sua culpa o que aconteceu hoje". Eu ia ficar sozinho em casa por algum tempo.

Não era muita coisa, mas, pelo menos, ela continuaria frequentando a clínica toda semana e voltaria para os Alcoólicos Anônimos.

Tudo de novo, pensei.

Os mesmos passos que ela já havia tentado antes e que nunca tinham dado resultado. Se tivéssemos dinheiro, talvez ela pudesse ir para algum lugar melhor durante mais tempo.

Eu me senti mal por todas as vezes que fui um filho malcriado. Quando era criança e me recusava a escovar os dentes. Ou quando tirava notas baixas, ou riscava as paredes. Quando xingava meu pai e gritava com todos. Perguntei-me se aquele tipo de atitude tinha contribuído para a minha mãe ficar do jeito que ficou. Juro que eu tentava ser um bom filho para ela. Ajudava em casa o quanto podia, mas não era o bastante.

Minha tia me levou para casa e voltou ao hospital. Eu fiquei ali, sentado na sala, sem pregar os olhos a noite toda. Um monte de coisa passava na minha cabeça, mas nada de útil. A ideia de ficar sem minha mãe por todos aqueles dias era torturante. Levantei-me do sofá, andei de um lado para o outro e fui limpar a cozinha antes que entrasse em um surto.

Esfreguei o chão e as paredes até que o cheiro de álcool e vômito desaparecesse. Levei horas para conseguir dormir naquela madrugada. Só fui acordar perto de uma da tarde, com o telefone tocando feito um doido.

8

Achei que era a Anne me ligando, ou do hospital, mas era só a companhia de TV e internet fazendo propaganda. Desliguei sem terminar de ouvir a mensagem automática e fiquei um tempão sentado no sofá pensando no que fazer.

A primeira vez que vi minha mãe bêbada foi um tempo depois do divórcio. Então, em mais ou menos um ano, ela perdeu o emprego. Com isso passamos a viver só da pensão que meu pai depositava todo mês. Aposto que ele só fazia isso para não ter problemas com a Justiça. A nova mulher dele era uma dessas pessoas que já nasceram ricas e que serão ricas por toda a vida e até depois de mortas.

Eu não deixava mais a minha mãe cuidar do dinheiro em casa fazia pelo menos um ano. Todo mês eu sacava o suficiente para as contas e para a comida, antes que ela gastasse com bebida ou qualquer outra porcaria. Ela era capaz de torrar tudo em coisas inúteis. Sério, coisas inúteis mesmo, tipo pesos de papel, caixas organizadoras, molduras para fotos e quadros, ou qualquer outra bugiganga que nunca serviria para nada e que eu acabaria jogando no lixo ou vendendo em uma loja de usados. Chegamos a comprar, inclusive, um conjunto da revolucionária caneta que escrevia até de cabeça para baixo.

Uma vez por mês eu tinha que me sentar e fazer os cálculos para pagar as contas e separar uma parte do dinheiro para não passar fome. As aulas de Matemática que eu assistia eram suficientes para que eu soubesse calcular aquilo, mas a tarefa fazia eu me sentir um velho.

Depois que eu separava tudo, minha mãe conseguia roubar o cartão onde quer que eu o escondesse. Aí comprava bebida ou qualquer coisa e colocava o cartão de volta no mesmo lugar. Como se eu não fosse checar o extrato ou notar as tralhas inúteis pela casa, como um novo jogo de copos. Um dia surgiu um filhote de jacaré empalhado na mesa da sala e ela jurou que aquilo estava lá fazia anos. Tinha etiqueta na pata e tudo.

Sim, eu podia sacar a grana toda e escondê-la em casa, mas, sei lá, acho que era covarde demais para isso, ou fraco demais para ser tão duro. Eu devia ter sido. Minha vida teria sido muito mais fácil. Acho que tinha medo de ela ficar sem bebida e acabar surtando ou me batendo.

Eu estava na mesa da sala com um caderno e uma calculadora quando Anne passou lá em casa. Ela tinha a chave para emergências, mas a usava para entrar como se morasse lá. A gente não se importava com isso e eu já tinha me acostumado com ela aparecendo do nada. Eu tinha a cópia da chave da casa dela também. As chaves eram meio que nossa forma de demonstrar confiança, como se fôssemos da mesma família ou coisa parecida.

Eu não estava com o melhor humor do mundo para falar com ela depois de tudo o que tinha acontecido.

Ela se sentou ao meu lado, olhando em volta.

— Onde está sua mãe? — perguntou.

Contei tudo para ela. Falei da minha mãe desmaiada, do meu desespero, que eu não conseguia nem falar com a mulher do 192 ao telefone, da minha tia e tudo o mais. Ela ficou ali ouvindo. Anne era ótima ouvinte. Não ficava interrompendo nem dando conselhos imbecis, tentando mudar nossa vida. Ela só ouvia. Esse era um dos motivos de eu gostar dela e também a razão pela qual eu tentava ao máximo esquecer o quanto *gostava* dela. Seria bem melhor assim. Talvez eu devesse encontrar uma namorada, tirar Anne da cabeça e seguir minha vida igual a uma pessoa normal.

Veja bem, eu não me importava de ela estar com outra pessoa que não fosse eu. O problema mesmo era como as coisas pareciam estar mudando. O distanciamento e o jeito como ela me tratava na frente do Michael, como se eu não estivesse presente.

Se tudo tivesse continuado normal, e se o namorado dela fosse uma pessoa decente, acho que as coisas teriam sido muito diferentes. Talvez até ficássemos amigos e saíssemos juntos sem aquele desconforto todo.

Mas não... o Michael não era legal. E talvez eu também não fosse tão legal quanto achava que era.

Anne ficou comigo aquele dia todo, tentando fazer com que eu não pensasse tanto na minha mãe. Funcionava por alguns momentos, mas logo eu voltava a lembrar dela. Liguei para a minha tia no fim da tarde, e a minha mãe já estava na clínica. "Uma semana", tia Mariana disse. Depois ela continuaria o tratamento em casa e no Alcoólicos Anônimos, pois não tínhamos muito dinheiro. Rezei para que daquela vez desse certo e que ela se recuperasse rápido. Não havia muito o que eu pudesse fazer. Depois que a Anne foi embora, sentei na sala com um copo de Nescau, sentindo-me um miserável.

Era horrível estar ali sozinho. Eu me peguei imaginando novamente como seria a minha vida caso minha mãe morresse. Só de considerar aquilo meus olhos ficaram molhados. Não queria ter que pensar em um mundo onde ela não existisse, mas precisava ser realista e aceitar que, se as coisas continuassem no mesmo ritmo, isso poderia acontecer logo.

Eu devia arrumar um emprego ou qualquer porcaria assim para ajudar em casa, mas não conseguia pensar em nada em que eu fosse realmente bom. Meu único talento era sempre conseguir pegar pipoca com a boca quando a jogava para cima, e isso só me seria útil se eu fosse um macaco de realejo.

Tirei aquelas ideias idiotas da cabeça. No fundo, sabia que precisava mesmo era estudar para passar em uma faculdade pública. Mas eu não podia estudar e ser pai de aluguel da minha própria mãe ao mesmo tempo. Aquele tipo de pensamento acabava comigo, e eu tinha quase certeza de que meu futuro se resumiria em ser um incompetente e morrer sozinho nas ruas.

Não saber que faculdade fazer ou que carreira seguir era uma sensação conhecida por quase todo mundo da minha idade. Na escola recebemos até a visita de umas mulheres que faziam testes vocacionais. A diferença era que todo mundo parecia ter algum tipo de vocação, enquanto eu sempre ficava nesse limbo de não saber o que faria da minha existência. Cada teste tinha dado um resultado diferente, e minhas buscas na internet não me acrescentavam nada. Passava horas falando sobre isso com o Ferreira. Ele vinha de família mais rica e provavelmente estudaria em uma universidade particular, apesar de também não saber o que fazer. "Tudo menos Direito e Administração", ele dizia. Mas eu ia acabar sendo mais um daqueles caras que entram em Administração por pura falta de noção do que fazer.

Deixei as contas todas separadas para pagar na segunda-feira. Cogitei visitar a minha mãe, mas resolvi que seria melhor deixar tia Mariana lidar com a situação por um tempo.

Fui dormir com um gosto amargo na boca.

9

Segunda-feira era um dos piores dias da semana. Acordei atrasado, me sentindo um lixo. Vesti a primeira roupa que achei no armário, tomei um café horroroso e fui para a escola. Coloquei um gorro para tentar me proteger do frio que fazia pela manhã, enfiei as mãos nos bolsos e caminhei ouvindo o que tocava nos fones. Eu nem estava prestando atenção na música e quase fui atropelado ao atravessar a rua.

Cheguei na escola uns dez minutos atrasado. Corri para a sala de aula, mas, ao entrar, vi que não era o único a chegar tarde. A professora de Geografia não estava ali e os alunos tinham instaurado o caos na classe. Grupos jogavam truco, pessoas riam andando de um lado para o outro e alguém desenhava no quadro.

Anne estava sentada em nosso lugar usual, nos fundos. Ela sorriu para mim, tirando a bolsa de cima da carteira em que eu costumava me sentar.

— Você deu sorte — disse ela quando me sentei.

— A professora não vem?

— Não sabemos, ninguém disse nada. Ela deve chegar daqui a pouco.

Aproveitei a ausência da figura de autoridade na sala e deitei a cabeça nos braços, fechando os olhos.

— Me acorde quando ela chegar.

— Levanta daí, seu palha.

Soltei um grunhido, perguntando o que ela queria comigo. Eu só pensava em ficar no meu canto, mergulhado em minha própria miséria. Aí ela sussurrou no meu ouvido:

— Tem uma garota nova na sala.

Eu levantei a cabeça para espiar em volta. Lá do outro lado da sala estava ela. Era uma garota magrinha, oriental, de cabelo chanel mais comprido na frente. Estava sentada com as costas bem retas, olhando para o quadro, e parecia fazer esforço para passar despercebida. Coisa que eu mesmo teria feito no lugar dela.

— Tenta ver o tênis dela — disse a Anne.

Eu suspirei.

— Fala sério, Anne — grunhi, cansado.

Ela tinha essa mania estúpida de julgar as pessoas pelo que vestiam, isso para saber se devíamos fazer amizade ou não. Como a garota estava de uniforme, ela queria ver o sapato, embora a pulseira de *spikes* já desse alguma ideia do tipo de música que ela ouvia: outro dos filtros de amizade da Anne.

— Anne, você é ridícula. Não pode achar que um tênis pode resumir uma pessoa inteira.

— Posso sim, olha em volta.

Eu olhei. Apontou para o Henrique, o cara mais popular da sala. Estava com um daqueles tênis de quinhentos reais. Aí ela apontou os próprios tênis como se isso a fizesse melhor que alguém.

— Anne, todo mundo sabe que seus All Stars são falsificados.

— Claro que são, não vou pagar mais caro por causa de uma etiqueta estúpida. Só isso já diz o bastante sobre a minha pessoa.

Eu estalei a língua, deixando ela julgar as pessoas em paz.

Aí ela se abaixou, quase encostando a cabeça no chão, fazendo eu sentir vergonha. Ficou ali um tempo antes de se levantar com um sorriso idiota:

— Acho que podemos tentar chamá-la pro nosso grupo de História amanhã.

— Tanto faz.

Voltei a deitar a cabeça nos braços, mas nessa mesma hora a turma silenciou. Então eu soube que a professora tinha chegado.

Cecília era uma mulher baixinha e gordinha, de cara nada simpática. Estava sempre mal-humorada, de boca desgostosa, parecendo uma salamandra ou algo pior. Vestia um casaco de lã cinza que não ajudava em nada a sua aparência de lagarta.

Ela pediu a todos que se sentassem e começou a escrever no quadro, tentando recuperar os quinze minutos de atraso. Os alunos relutaram, mas acabaram cedendo. A novata, do outro lado da sala, pegou o caderno e passou a copiar o que a professora escrevia. Eu voltei a baixar a cabeça até Cecília chamar a minha atenção.

Levantei e fiquei olhando para o nada, fingindo que ouvia, mas era mais fácil pensar em qualquer outra besteira do que na economia mundial. Eu sabia que deveria parar de rabiscar o caderno, começar a prestar atenção e a levar a escola minimamente a sério se quisesse ser aprovado no vestibular. Mas não conseguia me interessar por nada daquilo. Devia ter algo muito errado na minha cabeça porque, na época, nada, nadinha me interessava.

Na hora do intervalo nos sentamos em nosso banco de costume e ignoramos os insultos de sempre. Eu continuava impassível, indiferente a qualquer coisa. A internação da minha mãe tinha realmente me afetado. Anne tentava puxar conversa, mas eu ignorava quase tudo o que ela dizia.

Quando fui para casa, fiquei sentado na cama com nada além de um silêncio desagradável em cada cômodo e na minha cabeça.

Era uma solidão horrível ficar sem a minha mãe.

O resto da semana continuou com aquela sensação assombrosa, como se meus pés afundassem em areia cada vez que eu dava um passo. Fiz tudo o que podia para me distrair e evitar me cortar. Falhei mais de uma vez. Fiz cortes no lado das costelas, para conseguir esconder. Nos pulsos, já não cabia mais nada no curto espaço que a munhequeira encobria.

Passei a ligar para a minha mãe todos os dias. Ela parecia melhor, mas estava bem apática. Eu tentava puxar conversa sobre assuntos aleatórios, buscando algo que a interessasse. Não era fácil. Mas tudo indicava que as coisas estavam evoluindo. Ela voltaria para casa na semana seguinte e continuaria nos encontros do AA. Retornaria à clínica uma vez por semana e continuaria a ver a psicóloga.

Na escola, conversei um pouco com a garota nova algumas vezes. Ela se chamava Kaori. Era legal e absurdamente bonitinha, mas bem tímida. Um pouco como eu, que não conseguia trocar mais que uma dúzia de palavras com quem não conhecia bem. A gente tinha bastante coisa em comum, então não era difícil encontrar assunto.

Quando o fim de semana chegou, fui convidado para sair de novo. Era engraçado; ao mesmo tempo que eu queria companhia, desejava ficar no meu canto. Eram sentimentos contraditórios. Acho que, acima de tudo, eu só não queria ficar no meio de um bando de gente, ainda mais considerando a grande possibilidade de os amigos de Michael estarem junto.

Pensei em convidar o Michael e a Anne para a minha casa, jogar video game e comer pipoca, mas não conseguia imaginar os dois se agarrando no meu sofá e ele fazendo comentários desagradáveis sobre tudo e todos. Ficaria aquela sensação esquisita e eu teria que lavar a louça depois porque ninguém nunca ajudava com nada. Acabei aceitando o convite para ir à pracinha no centro da cidade, de frente para o mar. Isso foi no sábado à noite e, nossa, foi engraçado.

10

Quando eu cheguei na praça, só o Ferreira estava lá. *Ótimo*, pensei. Pelo menos com ele eu podia ter uma conversa de gente normal. O lugar estava cheio de um pessoal barra-pesada, de barbas enormes, cabelos enormes, unhas enormes e braços enormes. Sentei-me ao lado do Ferreira e os caras nos encararam, fazendo que nos sentíssemos duas potenciais vítimas de espancamento.

— Por que eles combinaram de topar justamente aqui?

— Eles têm bosta na cabeça, só pode — disse o Ferreira.

Os caras já estavam bem bêbados e um deles ligou o som do carro tão alto que a música saiu toda distorcida. Não dava para identificar o que era, nem conseguíamos entender a necessidade daquilo.

Finalmente, depois de uns vinte minutos, surgiu uma figura familiar. Era a Daniele, a garota que tinha me agarrado no bar uma semana antes. Ela segurava uma garrafa de Coca-Cola em uma mão e uma de vinho barato na outra. Ela beijou nossas bochechas, e nem sequer conhecia o Ferreira. Eu não via lógica nas pessoas que faziam isso. Por que cumprimentar alguém que não conhece com um beijo?

— O que você tem aí? — ele perguntou.

— Ah, nada, só o básico. Um tubão pra alegrar a noite.

— Credo, você vai fazer tuba?

— Ó, se quiser me pagar uma cerveja, eu aceito. Ou até um drinque mais chique.

Tuba era a horrorosa mistura de Coca-Cola com o vinho mais vagabundo do mercado (uma garrafa de cinco litros que custava cinco reais). Um dia eu li o rótulo e descobri que nem vinho de verdade aquilo era, mas, para o povo, o fato de ter álcool era suficiente. O pessoal misturava tudo e ficava a noite inteira bebendo. E só faziam isso porque era mais barato. Ao que tudo indicava, o refrigerante disfarçava o gosto do vinho ruim. Eu sempre tentava roubar um copo de Coca-Cola pura antes de aquela mistura acontecer. Tinha dó do fígado daquela galera.

Pouco depois a Anne chegou com o Michael e uns agregados que eu não conhecia. A Daniele, que antes ria sozinha puxando conversa com o Ferreira, mudou o comportamento imediatamente. Ela tinha passado os minutos anteriores dando em cima dele, sem nem perceber que o cara era gay. Ficamos ele e eu sentados no banco, só olhando o que os outros faziam e rindo da falta de noção da Daniele. Falei pouco com a Anne, já que ela estava ocupada em colocar a língua na boca do Michael e em conversar com gente desconhecida. Pelo menos o Ferreira era uma boa companhia.

Teve uma hora em que ele me ofereceu o copo e logo se desculpou, lembrando que eu não bebia. Era meio óbvio que eu não bebia, tendo uma mãe que frequentava o AA, mas ele foi a única pessoa que se ligou e pediu desculpas.

Um dos caras que tinha chegado com o Michael, o Carlos, ouviu nossa conversa. Perguntou o que eu gostava de beber.

— Eu bebo qualquer coisa — eu disse —, desde que seja virgem — acrescentei. Para que eu fui dizer isso?

— Virgem igual a você? — ele replicou.

Todo mundo riu, até a idiota da Anne. O Ferreira, não. A Anne ficou ali rindo da minha cara enquanto eu corava em meio a um bando de desconhecidos. Como se ela mesma não fosse virgem. Ou talvez nem fosse mais. E como se isso importasse na vida de alguém ou mudasse alguma coisa.

Eu fiquei puto. Não me importava com as piadas dos outros, mas vê-la rindo junto me deixou chateado. Por aquilo eu não esperava.

O pessoal já estava misturando a terceira tuba e, credo, como aquilo fedia. A Anne se sentou ao meu lado e eu me senti um pouco desconfortável com ela ali. Talvez fosse apenas um resquício da reação dela minutos antes, ou o fato de o Michael ter ficado me encarando de longe. O cara não tirava os olhos de mim, como se eu pudesse oferecer algum perigo à virilidade dele.

Ferreira resolveu andar em volta da praça com o skate, fazendo manobras e me obrigando a ficar sozinho com ela por aqueles minutos. Mas não trocamos mais que algumas palavras e não demorou muito para o Michael segurá-la pelo braço e a levá-la para outro canto.

A essa altura a Daniele estava pendurada no Carlos, que não parecia nem um pouco confortável com a situação. A garota começou a chorar do nada e a Anne correu até ela, como se sempre tivessem sido grandes amigas.

Foi um vexame. Daniele tinha bebido demais e ficou bêbada super-rápido. Ela se sentou no banco e começou a chorar e a secar as lágrimas com a meia – tinha tirado o maldito sapato e esfregava a meia branca na cara. Era a coisa mais patética que eu já tinha visto. Anne tentou ajudar a menina, mas Daniele se levantou e esperneou. Ferreira parou para assistir à cena e começou a rir alto, praticamente se dobrando ao meio. Eu lhe dei um cutucão para que parasse e não chamasse a atenção dos amigos dela, já que apanhar não estava na minha lista de afazeres para aquela noite. Ele parou, mas tampou a boca, se esforçando para conter o riso.

— O que tá acontecendo? — ele perguntou.

— Sei lá, cara. Ela começou do nada.

A garota deu um último grito, se desvencilhou da Anne e saiu correndo em direção à praia.

— Por que a porra do Carlos me despreza? — ela gritou.

Foi tão vergonhoso que até eu fiquei vermelho por ela. Um monte de gente parou para ver. Ela vomitou na areia depois de tropeçar, enquanto o Carlos via tudo parecendo um pimentão de tão vermelho.

Ferreira não conseguiu se segurar e voltou a rir alto. Anne correu até a Daniele a fim de ajudar, olhando feio para a gente. Só então percebi que eu sorria de orelha a orelha vendo tudo aquilo.

Não entendi qual era a da Anne. Elas mal se conheciam. Mas a Anne era boazinha demais. Foi lá, levantou Daniele da areia e a fez se sentar de volta no banco.

O pior era que algumas pessoas tinham a capacidade de vir me perguntar por que eu não bebia. Ali estava o motivo. Não era só por causa da minha mãe. Eu já havia ficado sóbrio por tempo suficiente nesses encontros para saber a quantidade de merda que as pessoas faziam influenciadas pelo álcool. Não era um pensamento moralista, eu tinha aquilo muito claro. Era tipo Matemática. E, para mim, não fazia o menor sentido. Eu preferia ficar com a minha Coca-Cola, meu Toddy e minha Fanta Uva, e que se danasse o que os outros achavam. O constrangimento de pedir suco em um bar quando estava todo mundo bebendo não se comparava à vergonha de correr pela praia gritando.

Não vi mais a Anne direito naquela noite. Ela ficou ocupada usando a meia que tinha sobrado da Daniele para limpar a cara suja de vômito dela. Só de lembrar que eu já tinha beijado aquela garota me dava um calafrio.

Ferreira achava tudo engraçado, e foi graças a isso que eu acabei me divertindo aquela noite. Se a Anne soubesse o quanto rimos, ela me mataria. Mas não dava para reagir de forma diferente.

Eu nunca esqueci aquela história e tudo o que aconteceu depois. Parece que o Carlos dizia que não tinha interesse de ficar com ninguém e por isso não ficava com ela. Mas uma semana depois ele apareceu com outra menina e a Daniele teve outro ataque. Eu queria ter estado lá para ver isso. Não sei por que me diverti tanto. Talvez fosse bom ver a miséria dos outros uma vez na vida. Fazia eu esquecer a minha própria desgraça.

Porque eu sabia que no dia seguinte a *minha* vida continuaria uma merda.

11

Domingo era dia de ficar sem fazer nada, acordar tarde e matar zumbis no video game. Eu estava mais animado, já que minha mãe voltaria na segunda-feira. Queria que tudo estivesse limpo quando ela chegasse, então tirei uma hora para dar uma arrumada na casa. Combinei com a Anne e ela veio à tarde fazer um bolo de chocolate e terminar alguns deveres. Ela não curtia ficar em casa no domingo, de qualquer jeito, já que o pai sempre estava lá nesse dia, e ficar perto dele era uma tortura.

O problema era que a Anne trazia notícias péssimas. Notícias boas para ela, ruins para mim. Ela estava toda sorridente e arrumada. Disse que o Michael a tinha pedido em namoro oficialmente. Ótimo. Maravilhoso. Perfeito.

Agora era oficial. Eu seria o segurador de vela pela quantidade de tempo que aquele relacionamento imbecil durasse. Curiosamente, não me senti tão abalado por aquilo quanto achei que me sentiria. Acho que já estava começando a me acostumar com a ideia de que nunca ia ficar com a Anne, e a babaquice dela de rir da minha cara e me excluir me fez pensar que talvez eu nem quisesse aquilo de verdade. Não falei do assunto com ela. Resolvi deixar morrer. Nossa amizade era muito maior que aquela baboseira toda.

Fizemos um bolo e, enquanto assava, fui catar umas flores no jardim do vizinho. Coloquei-as num vaso ao lado de uma carta de boas-vindas.

Quando cheguei da aula na segunda, minha mãe já estava em casa. E ela estava ótima, de cabelo penteado e tudo. A gente ficou um tempão conversando, ela chorou horrores e prometeu que ia se curar. Devia ser a centésima vez que ela me dizia isso, mas daquela vez acreditei.

Mais uma tentativa de tratamento. Da última vez, quase tinha dado certo, mas seu discurso não tinha sido tão convincente. "É por você que vou fazer isso", minha mãe disse. Eu respondi que devia fazer por ela, mas que, se pensar em mim lhe dava forças, então que fosse assim. A mão dela tremia enquanto segurava o meu braço. Ela parecia fazer um baita esforço para não voltar a soluçar.

Comemos o bolo e assistimos a um filme velho qualquer na televisão, rindo da dublagem malfeita.

Na terça-feira, eu tinha trabalho da escola para fazer, então procurei a Kaori e a convidei para o nosso grupo. Nem falei para a Anne. Eu sabia que, se não a convidasse, ela ficaria sem grupo e teria que fazer o trabalho todo sozinha. O fato de ela ser bonitinha também teve algum peso na minha decisão. O motivo nobre era que nossa turma não era muito sociável com pessoas novas, preferindo se organizar em panelas, o que acabaria deixando a menina de fora de tudo.

Nós nos sentamos na biblioteca e Kaori avisou que devíamos perder as esperanças de ela ser algum tipo de gênio só porque era descendente de japoneses.

— Devia ter avisado antes de te convidarmos — brinquei. — Esperava que você nos salvasse em Matemática e Física.

— Desculpa. Minha genealogia foi um truque para arrumar grupos de trabalho na escola — ela sorriu. — Achei que teria que fazer tudo sozinha.

— Você deu sorte — riu Anne. — Já te deram apelido?

— Apelido?

— Sim. Quando você não é um deles, ganha apelido. Prazer, Bruxonilda — ela se apresentou.

— Prazer, Emo-Gay-Viado — disse eu.

Ela deu uma risada. Disse não saber ainda se tinha apelido, mas comentou que já lhe haviam perguntado se ela tinha um Pokémon de estimação.

Kaori nem gostava de mangá, preferia quadrinhos americanos. E era alérgica a frutos do mar, então não comia aquelas coisas cruas todas. Conhecia apenas algumas palavras em japonês e não sabia desenhar. Em resumo, estava longe de ser o estereótipo que todos imaginavam na escola, e comentou que ficava muito brava quando alguém supunha que ela fazia aquelas coisas só por ter olhos puxados. Ela e eu tínhamos a mesma banda preferida. Anne aproveitou para rir da nossa cara, já que, por algum motivo que eu não conseguia entender, ela não gostava de The Black Keys.

Terminamos o trabalho rápido e o professor nos liberou. Ficamos no pátio papeando até o sinal tocar. A escola já estava cheia de cartazes sobre o tal baile de primavera que tinham inventado de fazer. Maior besteira do mundo. Até parecia que morávamos nos Estados Unidos com aquelas festas típicas dos filmes.

O evento ia ser na semana seguinte, embora a primavera só fosse começar três semanas depois (tudo indicava que eles não tinham conseguido reservar o ginásio na data certa, já que haveria um jogo de futebol de salão). Só queria saber como transformariam o ginásio em uma pista de dança. Ainda não tínhamos decidido se iríamos ou não, mas o fato de ter comida de graça estava quase nos convencendo.

Não voltei para casa com a Anne. Michael apareceu e ela foi atrás dele, sem sequer dizer tchau. Fiquei ali no vácuo, com a mão estendida do tchau não respondido. Kaori sorriu, meio sem graça por mim, mas fingi que estava tudo bem.

Fiquei no ponto de ônibus com ela para não deixá-la sozinha. Conversamos sobre qualquer coisa, como nossa dúvida sobre que carreira seguir. Ela, assim como eu, não sabia o que ia fazer da vida depois da escola, mas ao menos parecia ter alguma noção.

— Algo tipo Jornalismo, sei lá, essas coisas de comunicação. — Ela fez uma pausa, como se estivesse refletindo. — Mas também gosto da ideia de fazer Gastronomia. Eu sei, nada a ver uma coisa com a outra.

— Bem, pelo menos você tem alguma ideia. Vou acabar virando indigente depois de tanta indecisão para preencher a ficha do vestibular.

— Só não faça Direito. Já pensou, virar calouro do Michael?

Eu ri, fazendo uma careta de nojo.

— Credo.

— Como ele pode ser tão desagradável? — Ela fez um gesto de indignação. — Já reparou como ele está sempre com o nariz torcido?

— Às vezes acho que ele está eternamente com o desodorante vencido, fazendo careta por causa do cheiro. E ele fica me encarando, é um saco.

— Acho que ele encara todo mundo.

Falar mal de alguém em comum. Aí estava algo que unia as pessoas. A conversa foi evoluindo e acabamos falando de nossas casas e nossos pais, e Kaori me contou que a família dela se mudava bastante por causa do trabalho do pai, por isso tinha sido transferida para aquela escola tão no meio do ano. Ela e a mãe já haviam tentado morar em um local fixo enquanto o pai ficava entre uma cidade e outra na região do Vale do Itajaí, mas parecia que o casamento tinha começado a desandar.

— Aí voltamos a nos mudar com ele. Itajaí, Blumenau, Balneário, Itapema, esse tipo de coisa. A gente fica um ano, mais ou menos, e vai pra outro lugar.

— Nossa. Isso deve ser horrível. Aí você troca de escola e de amigos o tempo todo?

— Uhum. Mas acho que podia ser pior. Sei lá. Pelo menos estamos sempre juntos. E existe a internet, o que torna as coisas menos piores.

Pensei no divórcio dos meus pais e em como isso tinha nos afetado. Concordei com ela.

— Eu sempre morei no mesmo lugar. Não faço ideia de como deve ser — falei, pensando que talvez fosse bom me livrar de todo mundo da escola de vez em quando.

— É uma droga — ela disse.

O ônibus dela chegou e eu fui embora. Ao contrário da Anne, ela respondeu ao meu tchau.

Mas aquele ainda não era o fim do dia, e quando cheguei em casa, eu o vi.

Por que eu não tinha sido atropelado para ser poupado daquilo?

12

Eu fiquei parado do outro lado da rua, olhando para a figura de pé na soleira da porta. Não conseguia acreditar no que estava vendo, e não sabia se gritava, corria ou se chorava. Devo ter ficado ali um tempão.

Senti uma mistura de raiva, decepção e incredulidade.

Era o meu pai.

Ele não tinha mudado nada desde a última vez que eu o tinha visto, três anos antes. O cabelo grisalho continuava o mesmo, a barba continuava a mesma e a roupa engomada continuava a mesma. Enquanto ele me olhava de volta, comecei a lembrar das vezes que eu tinha me escondido embaixo da cama para evitar uma surra – que nunca levei, ainda bem – ou de quando eu tentei fugir de casa apenas para ser pego logo na esquina e ficar de castigo por um mês.

O olhar também era o mesmo. Como se nunca mudasse. Aquele rosto branco, livre de expressão, que eu não conseguia ler para saber o que estava sentindo. As poucas palavras que ele raramente dizia, e o fato de que só se voltava para mim quando necessário – pequenas ordens durante o dia, como "lave a louça" ou "faça o dever de casa". "Não fez mais que sua obrigação", era o que dizia das minhas notas ou das minhas pequenas conquistas.

Por que voltar agora?

Por que depois de tanto tempo?

O que ele queria?

Ele ergueu a mão e disse "oi". Simplesmente aparecia depois de anos achando que eu daria um "oi" de volta para ele? Era isso, depois de três anos? Eu queria correr e dar um soco no filho da mãe. O que ele tinha na cabeça para achar que podia aparecer assim, do nada? E ele realmente acreditava que íamos aceitar? Recebê-lo de braços abertos e dizer: "E aí, quanto tempo, como tem passado?"?

Diabos que seria assim.

Eu achei mesmo que ia chorar. Igual a quando ele foi embora. Mas não foi o que aconteceu. A raiva que eu sentia por tudo o que ele nos tinha feito, e por tudo o que tinha acontecido comigo e com a minha mãe desde que ele nos deixara, era maior. Eu o odiava. Simples assim. Era um covarde e nada mais.

Eu me vi indo na direção dele sem nem olhar antes de atravessar a rua.

— O que você tá fazendo aqui?

Eu não tinha planos de deixá-lo responder, então continuei:

— Quem você pensa que é pra aparecer aqui depois de três anos? Tem ideia da merda em que você colocou a minha mãe?

Eu estava descontrolado. Meu pai tentou falar qualquer coisa, mas eu não parava de gritar. Devo ter dito muita porcaria. Estava com tanta raiva que nem sei direito o que falei naquele instante. Lembro-me só do peso no meu coração indo embora, gradativamente, a cada palavra que eu dizia.

Do pouco que me recordo, chamei-o de covarde de merda e disse que era culpa dele o que tinha acontecido com minha mãe. Falei de todas as vezes que tinha sido ignorado ao procurá-lo, lembrei as coisas que ele dizia e que faziam eu me sentir um lixo inútil. Disse que não entendia como minha mãe podia gostar ou ter gostado dele, já que não passava de um idiota, grosso e controlador, que ficava com a bunda gorda no sofá enquanto ela lavava a louça e eu varria o chão. Mandei ele ir embora várias vezes até que, finalmente, parei de gritar.

Na hora em que me calei, meu sangue congelou, como se só então eu me desse conta de tudo o que tinha falado. Comecei a tremer igual a um doido. Segurei o choro o máximo que pude. Meus olhos ardiam e minha respiração saía entrecortada, antecipando os soluços que estavam por vir.

Eu era mesmo um bundão.

Era sempre assim quando eu estava perto dele. Desde criança. O desgraçado conseguia fazer eu me sentir pior do que já me sentia. Sempre que eu tirava notas baixas, errava algo ou quebrava algum copo em casa, ele fazia questão de ressaltar o quão incompetente eu era, de dizer que eu nunca seria ninguém na vida e de chamar a atenção para a minha total falta de talento para qualquer coisa. Eu era só uma criança e tudo o que ele dizia chegava até mim como se fosse verdade absoluta. Eu tinha certeza de que isso havia tido uma influência enorme no modo como eu me relacionava – ou não me relacionava – com todo mundo. Como se eu tivesse definido a minha personalidade a partir das coisas horríveis que ele falava. "Você é um nada. Olha a merda que você fez. Sua única responsabilidade é estudar e ainda tira um cinco em Matemática. Nunca vai ser ninguém na vida. Um dia você vai me agradecer por dizer a verdade."

Não, eu nunca agradeci. E nunca iria fazê-lo. Eu só queria que ele desaparecesse. Ele ter ido embora foi a melhor coisa que havia nos acontecido. Mas a forma covarde como ele fez isso transformou nossa vida numa merda. Minha mãe nunca tinha superado o golpe, e ela definhava mais a cada dia.

Ele ficou olhando para mim quando terminei de gritar tudo o que eu tinha segurado no peito por tantos anos. Fiquei feliz por me dar conta de que, contrariando todas as expectativas, minha mãe não estava em casa naquele horário. Se ela o visse ia acabar surtando novamente – ou, pior, defendendo-o das coisas que eu estava dizendo.

— O que você está fazendo aqui, afinal? — interpelei-o. A respiração começava a voltar ao normal.

— Ela queria te conhecer — ele disse. — E achei que já estava na hora dc fazer isso.

— Ela quem? — perguntei. — Sua amantezinha? Não faço a menor questão de conhecer.

Ele só balançou a cabeça. Não era a mulher quem ele queria me apresentar. (Ele enfatizou a palavra "mulher", deixando claro que ela não era só uma amante.)

— Ela sempre pergunta de você — ele continuou, sem se dar ao trabalho de explicar quem era "ela". — Achávamos que não era a melhor coisa a fazer, mas ela sempre quer saber de você.

— De quem você tá falando? — perguntei, ao mesmo tempo que percebi saber a resposta.

Então o filho da mãe foi até o carro, abriu a porta de trás e uma garotinha saiu dali de dentro. Eu podia apostar que meu coração parou de bater por uns minutos quando isso aconteceu.

A menina era crescida.

Tinha uns quatro ou cinco anos de idade.

O fato de ele ter uma filha com outra mulher não me incomodava, eu sempre soube que isso ia acabar acontecendo.

O problema era a idade da menina.

Meus pais haviam se separado fazia três anos. Não quatro ou cinco. O que significava que a garota já tinha pelo menos um ano de idade quando ele foi embora. O filho da mãe já estava com a amante fazia séculos. O desgraçado tinha duas famílias.

A menina se parecia comigo. Cabelo preto, olhos redondos, furo no queixo. Era assustador. Ela usava óculos e tudo. Mas não importava o que qualquer um deles dissesse. Ela não era minha irmã porque aquele homem não era meu pai.

Foi nessa hora que eu balancei a cabeça, tentando engolir as lágrimas sem conseguir. Então fui embora. Saí correndo. Não faço ideia de por que fiz aquilo, só sei que fiz. Corri, de punhos fechados, sem saber aonde estava indo, sentindo pena de mim mesmo, sem entender como alguém conseguia enganar as pessoas como ele havia feito com a gente.

Ele tinha outra família e não fora capaz de agir decentemente e terminar com a minha mãe. Só juntou suas coisas e foi embora.

Um covarde, era isso o que ele era.

13

A primeira lembrança que eu guardava do meu pai era meio cômica, se fosse parar para pensar. Eu estava no meu quarto, no segundo andar, brincando de qualquer coisa quando minha mãe começou a chamar o meu pai pelo nome. "Roberto!", ela gritava. E eu gritava junto: "Roberto!".

Minha mãe começou a rir de mim, de um jeito que ela só ria quando eu era pequeno. Gritei pelo tal de Roberto mais uma vez e, como ela continuou a rir, perguntei quem era Roberto. "É o seu pai", ela disse. "Não, o nome do meu pai é Pai", respondi.

Foi uma descoberta e tanto a que eu fiz naquele dia. Pai e Mãe não eram nomes.

Depois de tanto correr, fui parar na casa da Anne. Ela morava num lugar pequeno, com o jardim malcuidado e o vidro de uma das janelas trincado. Ela não gostava que eu fosse lá. Tinha vergonha do lugar em que morava. Por dentro fedia a cigarro, de tanto que o pai fumava. Era tudo caótico, já que o cara era um porco. A única parte habitável ali eram o quarto e o banheiro dela. E só.

Tirei os óculos e sequei a cara molhada antes de bater na porta. Ouvi os passos se aproximando e a tranca se movendo.

Quando vi quem estava do outro lado, me perguntei por que a vida me odiava tanto.

Era o maldito do Michael.

Fiquei ali, embasbacado, sem dizer nada. A Anne odiava que eu fosse na casa dela, mas convidava para ir lá o namorado que conhecera havia só algumas semanas. Fiquei transtornado e saí sem dizer nada. O cara nem me chamou, só fechou a porta e voltou para dentro.

Não sei por que aquilo me afetou tanto. A Anne era meu porto seguro no mundo, que havia sido invadido por um babaca completo que ignorava a minha existência. Não que eu me importasse com a relevância que eu tinha na vida do cara, longe disso. Eu só queria que ele desaparecesse completamente e me deixasse em paz com a minha amiga. Era um pensamento egoísta, mas eu era igual a qualquer outro garoto de dezessete anos. Não se espera tanta maturidade da gente.

Daí que comecei a andar a esmo e ouvi alguém gritando meu nome. Era a Anne, correndo atrás de mim.

— Por que você foi embora? — ela perguntou, ao se aproximar.

Eu dei de ombros e continuei andando. Ela me acompanhou.

— Sei lá, Anne. Eu vi que não era você e saí, nem tô pensando direito.

Ela apertou o passo para se colocar na minha frente e me impedir de continuar andando. Eu tinha os sentimentos divididos entre realmente querer compartilhar aquilo com ela ou ser deixado em paz. Na minha cabeça veio a imagem dela rindo de mim na praça e comecei a andar mais rápido que antes. Ela, mais uma vez, me parou.

— Você vai me dizer qual é o problema ou vou ter que te torturar?

Fiquei parado, olhando para a cara dela, antes de me sentar na calçada de pernas cruzadas. Os carros iam passando perto de nós pela rua e eu olhava um a um, tentando reconhecer o Citroën no qual meu pai tinha chegado lá em casa. Ela se sentou ao meu lado, esperando pacientemente enquanto eu decidia se contava ou não. Não sei o que tinha me dado, um surto de falta de confiança, ou ciúme, que seja.

Mas eu contei. Falei que ao chegar em casa meu pai estava lá. Contei que o xinguei pra valer, que falei para ele tudo o que sempre desejara ter falado, mas nunca havia tido a oportunidade. E disse para ela que ele tinha uma filha. Que apareceu lá com uma criança que ele dizia ser minha irmã.

— Como você sabe que a menina tinha quatro ou cinco anos? Qual sua noção de idade? — ela perguntou.

Eu bufei de raiva.

— Ela já era maiorzinha. Tinha mais de três anos, definitivamente.

— Okay, vou confiar na sua noção. Mas, sei lá, às vezes ela tem só três anos mesmo.

— Tem não, Anne. Tô te dizendo que a menina já era maior. Eu já conheci crianças de três e de cinco anos de idade pra saber a diferença.

Eu tinha certeza de que a menina era mais velha, e não era só a raiva falando mais alto. Então a Anne me convenceu a voltar para casa e ver se o velho ainda estava lá. Ela não se ofereceu para ir comigo, como faria em outros tempos, mas pelo menos me convenceu a ir.

Fui andando até lá. Ele já não estava, é claro. Devia ter ido embora no mesmo instante, antes que minha mãe chegasse, como o grande covarde que era. Melhor assim, eu não queria ter que olhar na cara dele novamente.

Quando entrei em casa, havia um envelope do outro lado da porta. Era dele, endereçado a mim. Eu nem abri para ver o que tinha escrito. Amassei-o e joguei no lixo.

O problema foi que minha mãe o encontrou depois. Achou estranho e abriu para ler.

A carta era um longo pedido de desculpas e ele sequer mencionava a menina. Como se eu desse um pingo de bola para o que ele dizia. Eu li o negócio amarrotado sem sentir nada. Aquelas palavras não tinham significado para mim. Nada do que ele dissesse iria mudar tudo o que havíamos sofrido e todas as horas que minha mãe tinha passado igual a uma miserável na frente da televisão enchendo a cara. Não mudaria todos aqueles dias na escola em que os outros garotos ficaram me dizendo coisas horríveis sobre a minha família.

Minha mãe se fez de forte, fingindo que não se importava. Disse que o passado era passado e essa baboseira toda, citando coisas que ouvia nos encontros do AA. Eu sabia que era tudo besteira, mas pelo menos ela estava fingindo bem. Muito. Fiquei bastante preocupado naquela noite, com medo de que ela bebesse de novo. Olhei todos os armários da casa, procurando vestígios de bebida, mas não tinha nada. Ela e sua madrinha do AA já tinham se livrado de tudo. Fui para a cama um pouco aliviado, imaginando o que estaria passando pela cabeça da minha mãe e se o meu pai voltaria a me procurar depois daquele dia.

14

Sempre achei engraçado como algumas pessoas inventam coisas da cabeça delas e colocam a culpa nos outros depois. Tipo o Michael e o monte de baboseira que ele falou para a Anne naquela noite.

Aquele cara era um imbecil. Eu queria muito que a Anne percebesse isso e desse um pé na bunda dele. Me senti um pouco culpado pelo que aconteceu. Acho que estava preocupado demais pensando em meus próprios problemas para prestar atenção nos dela.

Anne passou na minha casa pela manhã para irmos juntos até a escola. Os olhos dela estavam vermelhos, como se tivesse chorado bastante durante a noite. Talvez até mais do que eu.

Primeiro pensei que ela tivesse apanhado, mas não era isso daquela vez. Michael tinha brigado com ela, dizendo que era óbvio que alguma coisa rolava entre nós dois, eu e Anne, e que ela o estava fazendo de otário. Eu me controlei para não começar a rir enquanto ela me contava aquilo com a maior cara de sofrimento. Era tudo o que eu queria, mas não. Não tinha nada rolando entre nós dois.

Entrei na sala de aula enquanto ela foi ao banheiro lavar a cara para pôr sua máscara de pessoa inabalável. Ela jamais aceitaria que as outras garotas a vissem daquele jeito. Fui para o nosso lugar de costume, mas não me sentei. Fiquei olhando a superfície da carteira, que deveria ser branca. Era comum que todas as carteiras fossem completamente desenhadas, escritas e riscadas, apesar dos avisos para que não se fizesse isso. Eu nunca riscava minha carteira, e sempre que alguém o fazia, eu apagava e esfregava até tirar todas as manchas. Não suportava mesa suja.

Só que ali estava, escrito com caneta permanente, um grande "bicha", em caligrafia impecável. A ironia da coisa: aquilo não sairia dali. Não era como se eu carregasse álcool na mochila para poder limpar. E eu não ia trocar de carteira. Não daria aquele prazer para quem quer que tivesse feito aquilo. Quanto mais alguém se deixava abalar por aquelas coisas, mais eles provocavam. Eu tinha aprendido isso em anos de experiência sendo chamado de tudo quanto era nome pelo simples fato de não ser um machão como os outros caras.

Eu me irritava com aquilo por um motivo que eles jamais conseguiriam compreender. Se achavam que eu era gay, tudo bem. Queria só que os caras entendessem que aquilo não mudava em nada a minha vida. Escrever "bicha" na minha carteira estava longe de ter o efeito moral que eles pretendiam.

Larguei minha mochila no chão e me sentei na cadeira onde haviam desenhado um pênis. Aí vieram as risadinhas. Aquele burburinho irritante de garotos e garotas rindo baixo, como se houvesse algo de extraordinário na peça que haviam pregado. Parecia um bando de crianças remelentas.

Anne entrou na sala com a maior cara de "sou invencível". Foi até a Kaori e falou com ela sobre o trabalho que íamos fazer juntos. Ouvi as duas combinando de irmos todos para a minha casa para terminar o dever de uma vez e ficarmos livres pelo resto da semana. O detalhe é que Anne não tinha *me* dito nada sobre ir à *minha* casa para fazer o trabalho.

A aula, como sempre, foi horrível. Enquanto a professora falava, um dos caras, o Fábio, escreveu no caderno e mostrou para mim, do outro lado da sala: "Por que você não se mata?".

Sim, eu vivia uma fase na minha vida em que pessoas que mal me conheciam vinham me perguntar por que eu não me matava. Aparentemente, eu era mesmo um grande inútil. Uma peça decorativa ultrapassada que só servia para ocupar espaço. Eu nunca tinha conversado com aquele cara. Ele não sabia nada sobre mim, mas a imagem que eu passava era tão relevante que, se eu morresse, não faria falta na vida de ninguém.

Por que eu não me matava?

Essa era até uma boa pergunta. Eu não me matava porque tinha uma mãe para cuidar, uma amiga com paciência para me ouvir e um amigo que me entendia. Podia parecer pouco, mas bastava para mim. Mesmo que eu não tivesse nenhum tipo de sonho ou desejo duradouro para os anos que viriam. Dentro de mim eu acreditava que iria encontrar um caminho ou, quem sabe, descobrir algum talento. Sei lá de onde eu tirava essas coisas. Acho que era só aquela fração de autoconfiança de que precisamos para seguir em frente.

Arranquei uma página do meu caderno e escrevi: "Não me mato porque te amo e sei que você também gosta de mim. Fica comigo?".

Para que ficar lutando contra eles? Ou xingando de volta? A que isso levaria?

Fábio leu a minha resposta e a testa dele se transfigurou numa carranca séria.

A classe explodiu em risadas. Todos os amigos dele começaram a rir. Anne ficou olhando em volta sem entender. A professora começou a pedir silêncio, batendo com o apagador na mesa.

Fábio foi zoado com aquilo pelo resto do ano letivo.

A gente precisa ganhar o jogo pelo menos uma vez na vida.

15

Eu estava comendo cereal quando a campainha tocou. Fui da cozinha até a porta com cuidado para não escorregar, já que estava de meias. A colher enfiada na boca. Achei que era a Anne e não entendi por que ela simplesmente não tinha entrado em casa.

Quando abri a porta, Kaori estava do outro lado. Ela deu um "oi" tímido, e me lembro de ter ruborizado por estar de bermuda furada, meia e uma blusa de moletom horrorosa. Como desaparecer não era uma opção, deixei-a entrar e fechei a porta com o pé. Voltei para a cozinha e ela me seguiu, insegura como era.

Apresentei-a para a minha mãe, que estava saindo de casa com a madrinha do grupo de apoio. Ela vinha se mostrando bem melhor e apresentável, o que me deixava aliviado. Kaori não sabia nada sobre minha mãe ser alcoólatra, e eu pretendia que isso continuasse assim. Que aquele tempo de alcoolismo ficasse no passado e que pudéssemos virar uma família típica de propaganda de margarina. Só que sem a figura paterna.

— Conseguiu achar aqui fácil?

— Consegui, sim. Só o maldito do ônibus que não passava nunca.

— Eu já desisti de ônibus. Venho a pé na maioria das vezes.

A cidade era pequena o suficiente para eu poder evitar o transporte público. Mas aquilo era só uma típica conversa inútil para não ficarmos em silêncio. Falamos sobre bicicletas e meu medo mortal de morrer atropelado. Ela deu risada, mas não estava rindo *de mim*, o que foi bom.

Naquele dia algumas coisas se tornaram um pouco mais claras para mim. É engraçado ter dezessete anos porque, na verdade, não sabemos nada da vida. Minha mãe me falava esse tipo de coisa às vezes, e o resto da minha família também. Os adultos tinham a incrível habilidade de repetir a cada quinze minutos que éramos ingênuos, inocentes, inexperientes, muito novos ainda e quinhentas outras expressões que serviam unicamente para tentar nos convencer do quão imaturos nós, adolescentes, éramos. Anne e Ferreira também reclamavam disso, e gostávamos de fingir que a nossa idade mental era muito maior que a nossa idade biológica.

Anne não apareceu para fazer o trabalho. Kaori e eu ficamos no sofá, lendo os livros, anotando tudo e escrevendo o que entendíamos no notebook. Na TV, passava *Hora de aventura*. Refrigerante e pipoca na mesa de centro.

Kaori era engraçada e sabia as falas do desenho animado de cor. Na televisão, o personagem Finn em sua versão bebê começou a cantar, e ela acompanhou como se tirasse horas de seu dia para treinar aquilo.

Sou bebê, mas como adulto eu sei dançar
Eu balanço o bumbum, como sei balançar
Sou bebê, mas posso seu traseiro socar

Seu traseiro socar, seu traseiro socar
*Se é uma bruxa do mal vou socar pra brincar**

Ela imitava a voz dele à perfeição, me fazendo rir até minha barriga começar a doer.

Terminamos o trabalho cedo. Às oito da noite já estava tudo pronto, só faltava imprimir o arquivo na escola. Anne mandou uma mensagem dizendo que faria o próximo trabalho sozinha e colocaria nossos nomes em troca do que fizemos naquele dia. Ela não se dignou a pedir desculpas nem a justificar a falta, mas imaginei que devia estar com o Michael.

Ao contrário da Anne e de mim, Kaori tinha uma família de verdade. Pai e mãe e até um irmão, que morava em outro estado. Eles pareciam normais. Aparentemente, ela só se incomodava com as comparações constantes que faziam entre ela e o irmão.

— Ele é engenheiro, ganha bem, é casado, bem-sucedido e essas coisas todas que dão preguiça. Ele não é o problema. O problema é que meus pais ficam o tempo todo me falando de tudo o que ele conquistou, de como se deu bem na vida e essas coisas.

Eu sabia mais ou menos o que ela sentia. Como quando eu era criança e meu pai reclamava por eu não me destacar em nada na escola. O sentimento era de impotência, de não ser bom o suficiente sendo apenas quem eu era. Precisava ser algo mais. Ser alguém diferente. Alguém que, na verdade, eu não era.

---

* Versão de "Baby Finn song", música do 3º ep. da 3ª temporada de *Hora de aventura*; produção: Frederator Studios, Disney Channel, 2011.

Naquela época eu brincava que tinha vindo com defeito de fábrica, mas, como as peças eram insubstituíveis, não havia nada que pudesse ser feito.

Kaori havia combinado com a mãe de buscá-la só às nove e meia da noite. Teríamos ainda mais uma hora e meia para não fazer nada. Era estranho, mas eu não queria que ela fosse embora. Eu gostava de ter a companhia de alguém diferente e até que estava me divertindo, coisa que não acontecia normalmente em dias de semana. Eu costumava ter apenas a Anne e o Ferreira para conversar, e aquela mudança era bem-vinda.

A verdade era que Kaori era bonita, inteligente, divertida, curtia zumbis e Game Boys. Como eu poderia não gostar daquilo? Eu me sentia confortável na presença dela. Conversávamos sobre qualquer coisa sem que eu sentisse vergonha. Isso quase não acontecia com pessoas que eu não conhecia bem.

Então me dei conta de que era a primeira vez que eu me sentia assim perto de uma garota que não fosse a Anne, o que me levou a pensar que talvez eu não gostasse realmente dela. E de uma forma menos intensa, aquilo que eu começava a sentir pela Kaori era muito parecido com o que sentia pela Anne.

Tudo bem, eu conhecia a Anne desde sempre, e a outra menina tinha acabado de aparecer na minha vida. Mas aquilo me pareceu um primeiro indício de que talvez eu não amasse a Anne. Ao mesmo tempo que isso era confuso, até que fazia sentido. Era parecido com o que as outras pessoas sentiam, o que, para minha surpresa, significava que eu era igual a todos os outros garotos e garotas da nossa idade.

No fim das contas, Kaori não ligou para a mãe pedindo que a buscasse mais cedo, e eu me peguei agradecendo internamente por isso. Não tinha nada que prestasse passando na televisão, e senti que se não arrumássemos algum assunto logo, eu ficaria constrangido com o silêncio. Para me salvar, ela disse que tínhamos um amigo em comum.

— O Rafael Ferreira? — perguntei, entregando que ele era meu único outro amigo além da Anne, que ela já conhecia. Ela achou graça por eu ter acertado sem nem pensar duas vezes.

— Estudei com ele no oitavo ano. Vi no Facebook que éramos amigos em comum.

— Só nos conhecemos no ensino médio. Ele levou um tombo feio na praça quando eu tava passando por lá.

Kaori riu e disse que Rafael tinha comentado com ela de um amigo que gostava de uma amiga.

— Esse amigo é você, né? — ela perguntou.

Seria possível que todo mundo soubesse disso? Era tão óbvio assim? A Daniele percebeu, o Michael percebeu, até a Kaori percebeu. Eu devia ser um babaca ambulante para que todos notassem que eu gostava da Anne. E se todos sabiam, era óbvio que ela sabia também.

Fiquei com raiva. Se a Anne sabia, por que nunca me disse nada?

E ali estava. O silêncio constrangedor que eu tanto temia. Já o conhecia bem. Não tive coragem de responder. Fiquei sentado ao lado dela, olhando para a televisão desligada, esperando que um meteorito caísse no meio da minha sala causando comoção suficiente para que o silêncio fosse quebrado.

Nenhuma pedra veio do espaço, mas minha mãe chegou em casa. Trocamos um olhar rápido e ela, como toda mãe, tinha aquele sexto sentido bizarro e fez o favor de me livrar daquela situação. Ofereceu comida, ofereceu bebida e começou a tagarelar com Kaori sobre a novela.

Quando a Kaori foi embora, nos despedimos com um beijo na bochecha, coisa que eu não fazia com ninguém. A proximidade com o corpo dela me deu um calafrio na barriga, e a única conclusão a que consegui chegar era que eu estava ficando maluco.

16

Uma das coisas que eu achava engraçada na Kaori era sua incrível inabilidade para lidar com situações que eram simples para o resto de nós, meros adolescentes mortais. Ela não sabia baixar filmes e seriados pirateados, e, quando conseguia, sempre pegava a legenda errada, geralmente em línguas estranhas das quais nunca tínhamos ouvido falar. Ela não sabia passar músicas para o celular, então só usava um iPod velho e surrado. Mandava mensagem para a pessoa errada o tempo todo e não tinha antivírus no computador porque não sabia como funcionava.

Naquela semana fui surpreendido por um recado dela no Facebook. Estava indignada com a própria incapacidade para baixar coisas da internet. Eu não entendi por que ela tinha me escolhido para falar aquilo, mas tempos depois vi que era por sua total falta de vida social.

Era de se imaginar que ela mantivesse contato com os amigos de outras cidades, ainda mais podendo fazer isso on-line; mas, no fim das contas, ela tinha dificuldade de conhecer pessoas. O Ferreira era praticamente o único amigo com quem fazia questão de falar, seja lá onde estivesse.

Pelo que Kaori disse, uma parte dela preferia não fazer novas amizades depois de tantos anos se mudando e ficando decepcionada ao perceber que os laços que pensava ter criado não eram tão fortes a ponto de resistirem à distância. Sua outra parte não conseguia fazer amigos, mesmo que tentasse – aos poucos ela havia desenvolvido uma timidez extrema. Achava difícil interagir com as pessoas na escola e só entrara no nosso grupo de trabalho porque era obrigatório.

Ela não tinha como saber sem que eu falasse, e eu não tive coragem de dizer naquele dia, mas enquanto ela contava tudo aquilo, agradeci mentalmente por todos os trabalhos estúpidos. Se não fossem eles, Kaori não teria passado a fazer parte do meu restrito círculo de amigos.

Kaori: Só você mesmo pra conseguir me ensinar a usar aquele treco pra limpar o hd. Meu pai fica usando meu note e clica em qualquer link duvidoso.

Rafles: Hahahaha! Sei, você enche o computador de besteira e aí culpa seu pai, né?

Kaori: Oh, não! Fui descoberta!

Rafles: O que você precisa mesmo é formatar isso daí e começar do zero.

Kaori: Mas e a preguiça?

Rafles: Um dia desses eu te ajudo.

Kaori: Te pago com uma coxinha com Sukita e três paçocas.

Rafles: Qualidade de vida no pc é mais importante que qualquer paçoquinha que você possa me oferecer.

Kaori: Ué, tá se oferecendo de graça? Vou aceitar e fico com a coxinha pra mim.

Rafles: Hahahahahaha.

Rafles: Mentira, eu aceito a coxinha. Me deu vontade.

Kaori: Sabia que você não ia resistir.

Rafles: Hahaha poucos amores são tão fortes quanto o amor por comida.

Kaori: Consigo pensar numa série de coisas que são melhores que comida.

Rafles: Sou um cara de desejos modestos.

Kaori: Então casa com a comida, Rafa.

Rafles: Já casei, fomos felizes por alguns anos, mas agora tenho pensado em alguém um pouco mais humano pra passar os dias comigo.

Kaori: Te falei que comida não era tudo.

Rafles: É sério, a situação tá péssima. Quem sabe você não se candidata.

Eu demorei um pouco a perceber o duplo sentido do que havia escrito, mas era impossível deletar a mensagem que já tinha enviado. Só podia rezar para que a Kaori não desse bola e interpretasse aquilo como uma piadinha inocente, e não como se eu estivesse dando em cima dela. O que, se eu parasse para pensar, talvez estivesse mesmo.

Não tive como saber o que Kaori tinha entendido porque ela acabou mudando de assunto – não sei se por querer ou involuntariamente, para evitar que o papo ficasse mais esquisito. Falamos de seriados, músicas, fim de semana, provas, Matemática, professores chatos, mudança de escola, chocolate, ter que votar. A conversa fluía de um jeito anormal para mim, e era um alívio enorme ter alguém com quem conversar que não fosse o Ferreira, reclamando que o cara de quem ele gostava era hétero, ou a Anne, que agora só sabia falar do Michael.

Falar com a Kaori vinha se tornando a melhor coisa dos meus dias. Eu gostava quando via a janelinha com o nome dela piscando no meu computador. Aquilo me servia como uma espécie de calmante instantâneo. Tínhamos muito mais em comum do que eu imaginara a princípio. Ela era fofa e engraçada e super gente boa. Alguém com quem eu podia conversar e me distrair dos meus problemas, sem precisar me preocupar com minha mãe, com a babaquice da Anne ou com a nota baixa na prova de História.

Ela era exatamente o que eu precisava para sair do meu reino de pensamentos confusos e destrutivos.

17

Existia uma ideia de que só era possível gostar de uma pessoa por vez, e que se você ficasse a fim de mais de uma garota ao mesmo tempo, queria dizer que na verdade não gostava de nenhuma, que, no máximo, só sentia tesão por elas. Outras pessoas falavam de poliamor, mas eu tinha certeza de que não me encaixava nesse grupo.

Eu precisava aceitar que o que eu sentia não passava de uma resposta química dos meus hormônios à visão de uma garota bonita. Ou, no meu caso, pior: à amizade com uma garota bonita, ou duas, que não queriam de mim nada além de uma boa conversa. Mas eu queria acreditar que era possível gostar de alguém de verdade sem pretensões sexuais envolvidas.

Mas aí não seria apenas amizade? Isso eu já tinha, tanto com a Anne quanto com a Kaori. E por que eu não podia me contentar com aquilo? Por que, de repente, eu queria tanto segurar a mão da Kaori e tomar sorvete na praça com ela e todas essas coisas imbecis que fazem a vida parecer uma experiência válida? Não fazia sentido. Se fosse só amizade, ou só tesão, a última coisa em que eu pensaria seria em dar a mão.

Com isso, restava-me a possibilidade de eu estar apaixonado por ela. Mas como poderia estar apaixonado por ela se ainda ficava mal só de pensar na Anne e no Michael juntos? E, para me confundir mais ainda, se eu gostava da Anne, por que eu ficava pensando em uma garota que não era ela?

Eu já estava sentindo meu cérebro ser substituído por um novelo de lã emaranhado, de tão desorientado que me vi com aquela coisa toda.

Eu só queria que minha cabeça parasse por alguns minutos e me deixasse em paz. Não conseguia dormir sem ficar pensando naquilo por horas. Não prestava atenção em nada que os professores diziam, conversava com pessoas em modo automático, balançando a cabeça e concordando com coisas que não ouvia. Nem tinha mais a alternativa de simplesmente matar aula, já que a Anne preferia a companhia do Michael, e a Kaori era certinha demais para isso.

No fim de semana eu fui à casa do Ferreira. A Anne, para variar, tinha montado toda uma programação que só incluía o Michael, e eu tinha vergonha de chamar a Kaori para sair e ser mal-interpretado. Nem tentei insistir com a Anne por alguma migalha de sua atenção porque nos últimos tempos ela mal respondia quando eu a chamava na net.

Ferreira morava numa casa geminada nos cafundós da cidade. Eu nunca tinha ido lá, e a primeira coisa que notei ao entrar foi sua completa mudança de comportamento.

Não era segredo para ninguém que o conhecesse que ele era gay. Ele nunca se preocupara em esconder, e ninguém se dava ao trabalho de perguntar para confirmar.

De vez em quando tínhamos que aguentar alguma babaquice na rua, já que a cidade era pequena e o falso moralismo morava em todos os cantos. Sempre tinha imaginado que na casa dele seria diferente, que seus pais soubessem e aceitassem numa boa. Mas eu estava enganado.

A primeira coisa que vi ao entrar foi uma grande imagem da Santa Ceia na parede da sala. Era um quadro gigante mesmo, mal dava para prestar atenção no resto da decoração com aquele monte de apóstolos ali comendo.

Os pais dele eram pessoas imensamente normais, de bochechas redondas e sorrisos que pareciam esconder suas verdadeiras intenções. Eram simpáticos. Ou pelo menos fingiram que eram.

Ferreira parecia um *copia e cola* do pai, os mesmos olhos, as mesmas orelhas, o mesmo tom de pele escuro. A diferença era que a versão adulta, além de mais bochechuda, usava o cabelo bem rente à cabeça.

Os dois me cumprimentaram educadamente, sorrindo.

A mãe dele tinha cara de quem faz bolo e sanduíches, e que o fazia passar vergonha na escola quando era mais novo e coisas do tipo. Mas sabe quando uma coisa não está certa? Senti que a forma educada como me trataram foi pura falsidade.

Já no quarto do Ferreira, tive que comentar:

— Cara, confesso que seus pais me deram um pouco de medo. Eles parecem legais, mas de um jeito... não sei dizer. Como se não desse pra saber exatamente o que eles estão pensando.

— Eu sei. É assim mesmo. É uma loucura.

Ele ficou um tempo olhando para a porta, como se não soubesse se a fechava ou a mantinha aberta. No final ele acabou deixando como estava, e comecei a desconfiar do motivo pelo qual tinha tomado aquela decisão. Aí ele virou para mim e falou em tom baixo:

— Pra todos os efeitos, eu sou hétero até eles saírem de casa.

Eu assenti com a cabeça.

— Depois você sai do armário de novo?

— É.

— Eles não fazem ideia?

— Talvez façam, mas se sentem mais confortáveis fingindo que não. Considerando os comentários que fazem por aí, acho que eu seria enxotado se assumisse pra eles. Sempre que aparece uma notícia envolvendo um caso de homofobia ou algo do tipo, meu pai diz que "viado" tem mais que apanhar mesmo.

Era triste imaginar uma rotina toda baseada no fingimento, todos agindo como se estivesse tudo okay e normal. Todas aquelas máscaras de Coringa, cheias de sorrisos, quando por dentro não aceitavam a forma como as coisas eram.

Mas então me dei conta de que era assim, o tempo todo, com todo mundo que eu conhecia. A Anne se fazia de forte quando na verdade vivia precisando esconder os hematomas das surras que levava do pai – e eu sabia melhor do que ninguém que as feridas não eram apenas físicas. As pessoas me chamavam de depressivo, mas pelo menos eu era um autêntico perdedor, não ficava me escondendo atrás de uma falsa aparência. Ou era o que eu pensava.

É claro que o caso do Ferreira era diferente. Ao contrário de nós, ele podia ser autêntico na rua enquanto precisava brincar de faz de conta justamente dentro de casa. Eu não tinha nem como começar a imaginar como seria uma vida fingindo para a minha própria mãe que eu era outra pessoa.

— Soube que você conhece a Kaori — eu disse, querendo mudar de assunto.

Nessa hora percebi que, assim como os outros, eu não passava de mais um personagem daquele baile de máscaras. Eu não mentia para os outros. Eu mentia para mim mesmo, o que era pior.

— Conheço ela, sim — ele falou. — Estudamos juntos sei lá há quanto tempo. Ela me falou de você.

Tentei imaginar o que ela teria falado de mim, mas não disse nada. Aí fiz uma pergunta, sem pensar muito, e antes mesmo de concluir a questão percebi que tinha ficado vermelho com a bandeira que estava dando.

— Como a gente sabe se gosta de alguém ou se *gosta* de alguém?

Ele deu uma risada gostosa, como se não tivesse associado a minha pergunta ao assunto imediatamente anterior.

— Só você pra me perguntar esse tipo de coisa. Sério mesmo.

E voltou a rir.

— É sério, cara. Qual a diferença entre gostar de alguém como amiga e... *outra coisa*?

— Ué, você beija a *outra coisa*, não a sua amiga.

— E como eu sei se é *outra coisa*?

— Rafa, você tá drogado? Se você quer beijar a garota, é óbvio que é *outra coisa*.

— Mas e se eu quiser isso com mais de uma garota?

Aí ele começou a rir de verdade. Incontrolavelmente.

— O que isso quer dizer? — insisti.

— Isso quer dizer que você é como qualquer outra pessoa da face da Terra. Sinto muito decepcioná-lo, você não é tão especial assim.

Eu apenas olhei para ele, sem conseguir pensar em mais nada para dizer. As coisas estavam cada vez mais confusas na minha cabeça. Ferreira torceu a boca, deixando os ombros caírem, como se estivesse cansado.

— Você ainda tá a fim da Anne? — ele perguntou, de repente.

Meu silêncio teve o peso de um sonoro "sim".

— Só não vem pra cima de mim com aquele papo de *friendzone*, porque, olha, a gente tem que aprender a levar um fora quando a pessoa não tá a fim da gente, cara. Faz parte de crescer. A Anne tem o direito de fazer o que bem entender e ficar com quem quiser. *Friendzone* é desculpa de panaca que não sabe aceitar que uma mina não gosta dele.

Aquilo foi um tapa na minha cara. Fiquei ali encarando o nada enquanto as palavras entravam no meu cérebro e giravam as engrenagens da vergonha. As coisas que ele havia dito tinham me atingido com força, me desorientando. Ele me deu um cutucão no ombro, fazendo eu sair do transe.

— Sei lá — falei, então. — Às vezes só acho que ela ficou tão longe de mim depois de tudo... Só queria que as coisas voltassem a ser como antes.

— Isso é o que todo mundo quer. O problema é que o tempo anda pra frente, não pra trás.

Se eu estava em busca de palavras de conforto, entendi que não seria com o Ferreira que ia conseguir. Não naquele momento, desconfortável como ele ficava dentro da própria casa. Eu queria alguma ajuda para manter minha máscara enquanto ele, cansado da que tinha de carregar, despejava toda aquela sinceridade em cima de mim.

— Cara, esquece isso. Você vai torrar seus neurônios se pensar demais nesse tipo de coisa. Vamos achar algo pra comer. Com o tempo você ajeita sua cabeça e, sei lá, conversa com a Anne. Melhor coisa a fazer nessa situação.

Ouvimos a porta da casa se fechando e ficamos em silêncio até escutarmos o barulho do carro saindo da garagem. Ferreira respirou fundo, como se uma tensão fosse removida de seus ombros.

— Engraçado — ele disse — que na sua escola todo mundo te chama de gay e você não é. Acho que o pessoal da minha sala já cansou de me perturbar com isso.

— Nunca perguntaram por que você não se mata?

— Te perguntaram isso?

— Uhum.

Ferreira ficou em silêncio, acho que sem conseguir pensar em nada para dizer que pudesse me consolar.

— Juro que não entendo como seus pais nunca tocaram nesse assunto com você. Nunca, sei lá, quiseram tirar essa dúvida.

— Sinceramente, acho que já perceberam, mas nunca falam do assunto. Sabe em filmes de terror, quando tem uma pessoa deformada ou um monstro no porão? Então, eu sou a pessoa deformada. Minha sexualidade é o monstro que meus pais não querem que ninguém saiba que existe. Nem eles mesmos.

Eu fiquei ali olhando para ele, tentando entender como seria viver com aquele tipo de pensamento, e, honestamente, chocado com a escolha de palavras.

Era curioso como eu vivia cercado de gente fodida na vida. Ocorreu-me que a Kaori tinha uma vida bem normal, mas provavelmente eu só tinha essa impressão porque não a conhecia direito.

— É foda, cara — foi tudo o que consegui dizer.

Então fomos beber Nescau e jogar video game.

18

Era domingo e eu tinha combinado de passar um tempo com a minha mãe. A gente ia passear e tomar sorvete. Coisa de gente normal, para comemorar o progresso dela. Queria deixá-la feliz e mostrar que valia a pena ficar sóbria e aquelas coisas todas. A madrinha dela tinha dito que era importante passar essa visão positiva, e minha mãe estava ansiosa para ir ao segundo dos doze passos do programa de reabilitação. Ela ainda tinha um caminho enorme pela frente, mas qualquer progresso dava esperança. Vinha se mantendo sóbria desde o dia que a encontrara caída na cozinha. Não era ainda o recorde de tempo que já tinha ficado sem beber, mas fazia anos que eu não a via tão bem-disposta.

A tensão havia se dissipado entre nós, e eu já não passava mais tanto tempo me perguntando se ela teria uma recaída. Ela vinha comendo mais e melhor, e passava o dia fazendo biscoitos, separando coisa velha para jogar fora ou tentando aprender a bordar em ponto cruz. Ela era péssima no ponto cruz, mas eu me sentava ao lado dela e dizia que estava ficando ótimo.

Nem ao canal de vendas ela assistia mais. Que incrível seria não ter mais aquele monte de objetos inúteis espalhados pela casa, me fazendo sentir num episódio de *Acumuladores*.

O passeio foi divertido, apesar da quantidade absurda de comentários que ela fazia enquanto olhava para as vitrines de lojas, argumentando que eu deveria usar tal ou tal roupa que valorizariam meu tipo físico, ou comentando que meu cinto xadrez e o suspensório eram apenas parte de uma necessidade minha de autoafirmação e que aquela fase passaria em breve. Morri de vergonha quando ela tirou meu gorro, alisou meu cabelo e disse, para quem quisesse ouvir no shopping: "Você fica tão bonito sem essa coisa horrorosa na cabeça". Quis desaparecer, mas fiquei quieto. Certos tópicos não valiam a discussão, tipo o alargador na minha orelha que ela só tinha notado naquele dia.

A gente ficou um tempão sentado em um banco de frente para o mar, tomando sorvete de iogurte e sem ter muito o que dizer. Dei-me conta de que gostava da presença dela mais do que me lembrava. Depois de anos convivendo com ela doente, estava de fato contente por tê-la ali, com a atenção toda voltada para mim, ainda que isso envolvesse reclamar da minha aparência, como se quisesse recuperar o tempo perdido. Ela me contou histórias de quando tinha minha idade e de como Balneário Camboriú havia mudado em todos aqueles anos. Eu só queria que ela continuasse falando, porque sabia que, enquanto fizesse aquilo, estaria bem.

Eu tinha esquecido meu celular em casa e, quando voltamos, vi que havia uma mensagem da Anne. Trocamos algumas mensagens tentando decidir se o baile de primavera da escola merecia ou não a nossa presença. Senti saudade de voltar a ter mais conversas como aquela, como se nós dois fôssemos o "povo escolhido" e toda a sociedade balneocamboriuense estivesse ansiosa por nos ver em seus eventos.

Pensei naquilo que o Ferreira havia dito. Sobre conversar com ela.

Eu me perguntava se a Anne estava bem com o Michael. Tinha dúvida se ela estava só meio sumida mesmo ou se o cara exercia alguma espécie de controle sobre ela. Quando puxei assunto, perguntando se estava tudo bem entre eles, ela me cortou: "Ai, Rafa, na boa, quando você arrumar uma namorada a gente conversa sobre dilemas de namoros". E eu, como o grande idiota que era, fiquei quieto.

Aí o papo voltou normalmente para a festa de primavera.

Ann S2: Só vai tocar aquelas músicas genéricas de FM e axé.

Rafles: Mas isso é meio óbvio. É só a gente usar nossa incrível habilidade de ignorar música ruim.

Ann S2: Continua sendo chato pacas. Será que posso chamar o Michael?

Rafles: Pode, ué. Tô pensando em chamar o Ferreira.

Ann S2: Hum... saquei. E aí?

Rafles: Por mim a gente vai. É comida e refrigerante de graça. Foda-se se vai tocar sertanejo universitário ou sei lá o quê.

Ann S2: Sua força de vontade pra comer de graça é bem maior que a minha.

Rafles: Deixa de ser fresca. A Kaori vai também, e com o Ferreira tudo fica menos entediante.

Ann S2: Vc sabe que vão dizer que ele é seu namorado, né?

Rafles: Minhas rugas de preocupação pro que vão dizer.

Ann S2: A Kaori tava dizendo que não ia. Ela mudou de ideia?

Rafles: Se não mudou, faço ela mudar.

Faltando um dia para o baile, decidimos que daríamos o ar de nossa graça na maldita festa. Anne tinha levado a sério minha bravata e definido que eu ficaria responsável por convencer a Kaori, que tinha passado a semana dizendo que preferia ficar em casa vendo *Altas horas* a estender para o sábado a convivência com pessoas que já era obrigada a ver de segunda a sexta.

— Vai ter comida de graça — eu disse para ela no intervalo.

Kaori deu de ombros:

— Eu não trabalho. Pra mim, toda comida é de graça.

— O Ferreira vai também — insisti.

— Eu sei. Você vai ter que melhorar esses argumentos se quiser me convencer.

Fiquei olhando para aquela criatura pequena e me perguntando por que eu a achava tão bonita.

— Porque eu quero que você vá.

Ela largou a bolsa de caveirinhas no gramado do pátio e se sentou no chão, sem se importar em sujar a roupa.

— Tá melhorando.

Sentei-me ao lado dela, pensando no que eu poderia dizer. Resolvi arriscar:

— O Michael é tão insuportável que o Ferreira sozinho não é capaz de me tirar do tédio que é ter que ficar perto dele.

Ela começou a rir. Kaori mal conhecia o Michael, só o encontrava quando ele aparecia na escola para levar a Anne para casa. Eu odiava essa parte do dia, pois antes a Anne era a *minha* companhia para andar até em casa. O sujeito tinha umas ideias tão equivocadas e era tão possessivo que eu preferia que eles fossem embora primeiro para não precisar acompanhá-los. Ficava com a Kaori no ponto de ônibus discutindo seriados e a melhor forma de capturar Pokémons lendários no Game Boy.

Talvez aquela tática de ignorar a existência do Michael deixasse muito na cara que eu era a fim da Anne, mas, para falar a verdade, eu não conseguia entender o que estava sentindo.

Quem sabe aquilo só fizesse parte de crescer. As pessoas mudavam e tudo o mais, mas eu sempre tinha pensado que nós dois seríamos eternamente amigos. A Anne parecia normal por fora, só que quando falava comigo se mostrava distante e aquilo me assustava um pouco. Como se essas atitudes me provassem que a vida era mais volúvel do que eu pensava. E quem garantia que eu também não havia mudado? Senti-me no ensino fundamental de novo, com aqueles coleguinhas que eu jurava que estariam comigo para sempre, e de quem agora eu sequer lembrava da cara.

Ela estava daquele jeito comigo porque havia mudado ou por causa do ciúme que o Michael já havia demonstrado? E se ela tivesse mudado por causa dele?

Esse pensamento grudou no meu cérebro feito chiclete no asfalto.

Antes a Anne me contava tudo. Não havia nada que ela vivesse ou pensasse que não compartilhasse comigo. Agora já fazia semanas que ela não me procurava para falar qualquer coisa mais pessoal, como se tivesse ficado mais reservada de repente. Eu esperava que fosse porque ela tinha o Michael para trocar ideias, mas isso não reduzia a saudade que eu sentia daquelas conversas que atravessavam dias e noites.

— Não gostar do Michael é um motivo muito mais nobre — Kaori disse, interrompendo meus devaneios —, mas aposto que você só não gosta dele por ciúme.

— Acredite, eu já passei dessa fase. Juro que já tentei conversar com o cara, mas é impossível. Ele age como se sentisse ameaçado por qualquer pessoa que se aproxime da Anne. Parece até que tem merda abaixo do nariz pra ficar com aquela eterna cara de que alguma coisa tá cheirando mal.

Ela deu risada.

— Outro dia ele tava falando bosta no Facebook — ela começou —, e aí uma guria discordou dele. O Michael começou a xingar a menina, chamando ela de vaca pra baixo. Sendo que ela tava só dando uma opinião diferente!

— Sério?

Fiz uma careta de nojo, tentando entender como alguém, especialmente alguém como a Anne, era capaz de se apaixonar por um cara daqueles. Ele era mesmo um babaca.

— Serião. Como a Anne foi acabar com esse cara? — ela perguntou, como se lesse meus pensamentos — Ela parece legal.

— Ela é legal — respondi sem pensar duas vezes. Suspirei — Sei lá o que aconteceu.

— Bem, ele não me parece boa pessoa. A gente fica de olho, e se ele fizer alguma coisa idiota, a gente mata, pica e dá de comer aos cachorros de rua.

Ela disse aquilo naturalmente, o que tornou tudo mais engraçado.

— Por que você diz isso? — Olhei para ela, com dúvida.

— Por que fazer o picadinho?

Não respondi, apenas fiz uma careta dizendo que "não".

— O Michael não é só chato. Ele é estranho com ela. Se o cara é machista e possessivo a ponto de não deixar a Anne ir na sua casa fazer trabalho da escola, o que mais ele seria capaz de fazer?

— Ah, não sei. — Gesticulei com a mão como se não achasse possível aquilo que ela estava insinuando. Eu me perguntei, sem ter coragem de fazer isso em voz alta, se ele ousaria machucá-la. Imaginei que Kaori estivesse se perguntando a mesma coisa.

— Bem — ela falou, se levantando e espanando fiapos de grama da calça —, vou com vocês na festa pra falar mal do namorado dos outros. Acho um motivo bom o suficiente.

Não era muito nobre, mas já me deixava satisfeito.

O pátio àquela altura estava caótico, com um bando de gente conversando sobre o que vestiriam no dia seguinte, garotas trocando dicas de maquiagem e nós tentando decidir o que faríamos para estragar a festa.

Anne se juntou a nós e sugeriu que contratássemos dançarinas de *striptease* para tirar a roupa no meio do salão, mas éramos pobres demais para isso. No final, nossa armação foi muito mais fácil e não envolvia nenhum tipo de ideia saída de filme adolescente da Lindsay Lohan. Ferreira simplesmente falsificou cópias dos ingressos e distribuiu para pessoas aleatórias na pista de skate, fazendo-as prometer que não se comportariam e fingiriam não nos conhecer enquanto estivessem na festa.

Além disso, todos nos vestiríamos mal para acabar com o glamour que o resto dos garotos e das garotas esperavam. Isso incluía calças rasgadas, camisas de flanela xadrez, tênis em vez de sapatos e cabelos bagunçados.

19

— É realmente uma grande porcaria.

Kaori estava no banquinho alto do bar do grande salão de festas em que haviam transformado o ginásio. Ela experimentava um dos salgados que estavam sendo distribuídos entre os alunos. Era horrível. Pura gordura com gordura extra. E o recheio estava frio, para piorar a situação.

O lugar tinha até ficado legal para algo que era apenas um campo de futebol algumas horas antes. As paredes e o teto tinham sido decorados com panos que se trançavam e luzes coloridas iluminavam o espaço.

O bar ficava em frente à arquibancada e os degraus estavam cheios de gente sentada ou dançando. Como era de se imaginar, considerado o nível de maturidade geral, a essa altura todos os garotos estavam com suas gravatas na testa, e era possível ver pulseiras neon em braços, orelhas e cabeças, e também sendo jogadas para o alto.

Sinceramente, acho que teria me sentido mais confortável dentro de um barril sendo rolado morro abaixo do que naquele lugar. Eu claramente não pertencia àquilo.

A tentativa da Kaori de parecer desleixada podia ter funcionado para os outros garotos, mas não para mim. Eu tinha chegado mais cedo, e quando ela apareceu na porta do salão fiquei um pouco envergonhado ao me dar conta de que a via em câmera lenta, tipo filme de comédia romântica. Só que em vez de algum pop genérico, na minha mente tocou um misto de "Rock and roll queen"** com "Are you gonna be my girl"***. Eu gostava do cabelo bagunçado, do coturno por cima da calça, da mecha rosa no cabelo e dos suspensórios vermelhos que acompanhavam a curva dos seios pequenos dela.

Eu estava usando uma calça rasgada, meu All Star falsificado mais sujo e uma camiseta com desenho de dinossauro de quando eu tinha uns doze anos. Todos olhavam torto para nós. A festa estava apinhada de adolescentes com vestidos e smokings alugados para se fazerem de ricos. Parecia um concurso do melhor penteado ou do terno mais bem-passado. Vez ou outra alguém aparecia com uma garrafinha de vodca ou coisa que o valha. Não havia ninguém inspecionando o conteúdo das bolsas e dos bolsos de paletós. Alguém poderia entrar armado que nunca saberiam, pelo menos não até que alguém levasse um tiro. Por sorte, só entrou álcool na festa.

A banda tocava um misto de músicas da modinha com hits bregas do século passado. "Melhor que axé", Kaori tentou ponderar pouco antes de o Ferreira aparecer acompanhado da Anne e do Michael.

Eu podia apostar que o Michael tinha ficado umas cinco horas no armário da vó dele escolhendo o que vestir e penteando o bigode. Anne estava com seus usuais tênis de cores diferentes; Ferreira, com a maior camisa de flanela que existia no mundo e o skate a tiracolo.

** "Rock and roll queen", Billy Lunn, The Subways; WEA, 2005.

*** "Are you gonna be my girl", Cameron Muncey; Elektra, 2003.

Destoávamos completamente do resto da festa. Olhamos um para a cara do outro quando o grupo se reuniu e começamos a rir. Foi a única vez que senti alguma espécie de afinidade com o Michael. Não era segredo para mim que o cara me achava um panaca tanto quanto eu o achava um imbecil, mas isso não vinha ao caso naquele momento.

A gente estava nesse clima amistoso quando Tamirys, Fábio e suas respectivas trupes se aproximaram de nós, olhando-nos de cima a baixo.

— A roupa era social — disse Tamirys, com voz de desdém. — Estava escrito no convite.

— E eu achava que não era permitida a entrada de animais na festa.

Essa, claro, foi a resposta da Anne.

— Então o que vocês estão fazendo aqui? — Fábio retrucou.

Eles deram uma risadinha e saíram de perto de nós, como se fôssemos criaturas com algum tipo doença contagiosa. Parte de mim não acreditou que aquilo seria tudo que veríamos deles naquela noite.

Ferreira passou o braço pelo meu pescoço e, pelo cheiro, já havia bebido bastante antes de chegar.

— Pelo menos ainda não disseram que sou seu namorado — ele disse.

— Bem que você queria.

— Pegava você e o bully ao mesmo tempo.

Eu tirei o braço dele que estava em volta de mim, de tanto peso que colocava em meu ombro.

— Se você continuar aí, logo vão começar.

— Ótimo.

— Cadê sua galera? — interrompeu Kaori.

— Ficaram de chegar depois de mim, pra não ficar muito óbvio que fomos nós que distribuímos os convites.

O Michael bufou e riu ao mesmo tempo.

— Até parece que não vão perceber isso.

— Eles não têm como provar nada, e mesmo se tivessem, foda-se — respondi.

Michael só torceu a boca e logo ele e Anne se afastaram, indo para o bar.

Não demorou até que Anne viesse em nossa direção, e eu já estava abrindo a boca para falar com ela quando Michael a puxou de volta pelo braço.

Ela parecia contrariada, mas ficou ali com ele. Ele acendeu um cigarro, e foi a minha vez de me afastar do grupo. Fiquei na janela, olhando para um bando de garotas vestidas como se estivessem prestes a receber o Oscar, cheirando lança-perfume do lado de fora do ginásio. Elas borrifavam o negócio em pedaços de pano e riam de forma histérica, tropeçando nos próprios pés.

Eu tinha lido sobre lança-perfume algum tempo antes para um trabalho de Sociologia da escola e não conseguia entender por que alguém cheirava aquilo de livre e espontânea vontade. Vendo as meninas usar aquela coisa, lembrei a parte do texto que falava sobre os efeitos do produto quando usado junto com álcool.

Fiquei ali, sentado no parapeito da janela, olhando em volta como todos se divertiam e me perguntando por que eu não conseguia simplesmente relaxar também. Deixar-me levar e tudo mais, rir, dançar e socializar como uma pessoa normal.

Eu era bem novo quando me dei conta de que era uma criança mais solitária que as outras. Na escola, todo mundo brincava junto e fazer amizade era algo aparentemente simples. As crianças se convidavam para brincar, diziam seus nomes e estava resolvido. Amigos para a vida toda até alguém mudar de escola.

Mas comigo isso não funcionava. Achava muito difícil puxar conversa ou convidar alguém para brincar. Minha falta de habilidade para o futebol e o vôlei também teve sua cota de participação no meu isolamento na infância – aparentemente, esportes coletivos são a melhor maneira de integrar crianças e estimular o espírito de equipe, desde que alguma delas não seja perna de pau.

A maioria das amizades começava no recreio e nas aulas de Educação Física. Como eu não conseguia sequer manter uma bola dentro da quadra, ficava normalmente no banco esperando a aula acabar. Anne jogava bem, apesar de as garotas não irem com a cara dela e de ela falar mais palavrões do que os pais recomendariam. Mas era boa o suficiente para que a quisessem no time.

Kaori se sentou ao meu lado no parapeito e me entregou um copo de refrigerante.

— Às vezes acho que se eu bebesse igual a todo mundo minha vida social seria melhor — comentei.

Ela me deu uma ombrada e enlaçou o braço dela no meu.

— Quem precisa de cerveja quando temos Fanta Uva no mundo? É mais alucinógeno que cogumelos.

— As pessoas não sabem o que estão perdendo quando não bebem isto. É a rainha suprema dos refrigerantes.

— De fato, caro Rafael.

Rimos juntos. Não tinha sido ruim ter meus devaneios sobre a solidão interrompidos daquele jeito.

Ouvimos um burburinho pela festa e sorrimos ao ver umas vinte pessoas ali no meio sob olhares de reprovação de todo mundo. Elas estavam de roupas casuais, gargalhavam e falavam alto, chamando a atenção como se não se importassem com isso.

Ferreira veio até nós, rindo, com uma lata de cerveja na mão.

— Duas coisas: primeira, o pessoal chegou — disse, dando um beijo na bochecha da Kaori e outro na minha. — Segundo, a barraca de cachorro-quente lá fora tá vendendo cerveja. Festa de escola com álcool. Isso vai ser demais!

— Você já foi bem melhorzinho, Ferreira — resmunguei.

— Cara, eu não vou virar um dependente de bebida com uma cerveja. Ou dez. É só uma festa!

— Sem problemas. A gente prefere ficar aqui bebendo nosso refri. Tem o mesmo efeito que chá de cogumelos.

— Você já bebeu chá de cogumelos? — perguntou o Ferreira, sorrindo abertamente.

— Não — Kaori respondeu. — Mas não tenho dúvidas de que é a mesma coisa.

— Claro. — E o Ferreira se afastou, voltando para o bar.

— Um brinde à sobriedade — disse ela, erguendo seu copo de refrigerante.

Ergui o meu também e demos mais um gole. Uma das vantagens da sobriedade, eu disse a ela, era lembrar das merdas que os outros faziam nas festas quando bebiam demais.

Ela assentiu com a cabeça e olhou na direção em que Anne e Michael estavam. Os dois dançavam, com as bocas coladas, como se não tivesse ninguém mais na pista.

— Posso ser supersincera com você? — ela perguntou.

— Deve.

Kaori ficou quieta um tempo, como se não tivesse certeza se deveria ou não dizer o que estava pensando. Não insisti para que ela continuasse. Algo me dizia que não seria bom. Ela seguiu olhando para os dois na pista.

— Kaori? — resolvi chamar.

— Oi — ela disse, como se tivesse acordado de um transe.

— O que você ia dizer?

— Ahn… nada não.

— Desembucha.

Kaori ainda demorou mais um tempo.

— Ela sempre foi assim? Digo, a Anne. É que ela é legal na escola e tal, e aí do nada finge que a gente não existe. Não conheci ela antes do Michael, então não sei.

Eu estava prestes a responder que não quando vi Anne acendendo um cigarro. Senti um calafrio percorrendo meu corpo e baixei a cabeça. Fiquei encarando meus tênis. Eu odiava cigarro. A *Anne* odiava cigarro.

Não sei por quanto tempo fiquei ali quieto. Eu tinha noção de que alguma coisa havia mudado, todo mundo sabia, mas, naquele momento, vi que na verdade eu não sabia nada. Algo muito errado estava acontecendo com ela, e eu estava totalmente no escuro. Aquela era a mesma Anne que eu conhecera? Por quem tinha me apaixonado?

Eu não tinha nada com isso, a vida era dela, e aparentemente isso me dizia cada vez menos respeito. Mas vê-la fumar e beber me deixou um tanto impactado. De repente, me dei conta de que não era daquela Anne que eu gostava. Não depois de ela demonstrar mais interesse nos agregados do Michael, que ela mal conhecia, do que nos amigos de verdade. Como naquela noite em que ela passou o tempo todo com os amigos dele e ainda riu da minha cara quando me chamaram de virgem.

Ou depois de ela começar a fingir que as músicas que ouvia eram indicações do Michael com a única intenção de agradar o cara. Ou de abandonar Kaori e eu no dia em que íamos fazer o trabalho da escola sem sequer pedir desculpas. Eu tinha curiosidade de saber se ela me defendia quando o Michael falava mal de mim, porque eu tinha *certeza* de que ele falava. Mas não fazia ideia se ela perdia seu precioso tempo para me defender ou algo assim. Comecei a achar que não. Eu não sabia mais quem era ela.

Eu fiquei tanto tempo imerso nos meus pensamentos que, no final, nem precisei responder porque Kaori se levantou e sumiu dali.

Àquela altura, com a comida intragável e a cerveja rolando solta, a maioria dos alunos estava bêbada, e os professores, desesperados. Em pouco tempo, a turma do Ferreira já havia dominado a festa. Eles dançavam, gritavam, fumavam e bebiam e o escândalo estava incomodando o grupinho de Fábio e Tamirys, como se isso estragasse o dia especial deles. Não entendi bem como foi, mas de repente estava rolando uma briga no bar. Vi de longe quando um dos garotos da minha classe levou um soco na cara e a Tamirys tomou um banho de Coca-Cola, ficando com o vestido todo manchado.

Foi então que o Fábio veio, cercado de amigos, até onde estávamos. Parou na minha frente com os quatro caras atrás me encarando também.

— Você precisa de alguma ajuda ou só gosta de me olhar mesmo? — perguntei.

— Foi você que trouxe esse monte de gente pra cá.

Não foi uma pergunta. Pelo menos ele tinha inteligência suficiente para perceber aquilo.

— Tá vendo o que eles tão fazendo? Olha a merda que você fez, seu idiota!

Eu não tive oportunidade de responder. Ia abrir a boca para falar qualquer coisa, mas minha visão foi obscurecida por um soco que acertou minha cara, jogando meus óculos longe e fazendo meu nariz sangrar. E sangrou pra cacete.

Doeu tanto que eu me curvei, segurando o nariz, já preparado para levar mais uma porrada. Para a minha sorte, ela não veio.

Eu sou praticamente cego sem óculos; então, nem se eu quisesse teria acertado alguém de volta. Limitei-me a me contorcer, segurando minha cara, enquanto tentava encontrar meus óculos no chão antes que alguém pisasse neles.

Mas tudo o que eu via eram manchas vermelhas e borrões pretos que passavam por mim dando risada. Lembro de ter me sobressaltado quando alguém encostou em mim. Eu me encolhi, com medo, então ouvi a voz da Kaori e senti meus óculos sendo colocados de volta em meu rosto.

Não havia mais sinal do Fábio e várias pessoas juntaram-se em volta para assistir ao meu nariz escorrer sangue. Um minishow no meio da festa. Eu, aquela criatura patética e ridícula prostrada no salão, apertando as narinas para que parassem de sangrar. Por algum motivo que não consegui entender no momento, não me importei. Sim, eu estava puto por ter apanhado, por ter sido exposto ao ridículo, mas de certa forma, já esperava aquilo. Talvez tenha sido a reação da Anne o que amorteceu meu cérebro para o que acontecera.

Kaori estava ao meu lado, com cara de susto, perguntado de segundo em segundo se eu estava bem. Ela começou a me arrastar dali com o Ferreira, que agarrou meu outro braço.

Antes de eu ser levado para o banheiro, vi a Anne de longe. Abraçada ao Michael. Olhando, e só.

Devolvi o olhar, esperando alguma reação, mas em nenhum momento ela fez menção de me acompanhar, ou de dizer algo. Michael sequer olhou para o lado em que estávamos. Ficaram lá, afastados. Como quem não se mistura com o tipo de gente que faz barraco em festa. Com o tipo de gente que apanha e sangra.

O lado bom de levar um soco no nariz é que os olhos lacrimejam. Ninguém nunca vai desconfiar se você chorar.

Enquanto eu estava ali, pensando se chorava ou não, vendo a Anne afastada, percebi que só eu não tinha sido capaz de notar o quão babaca ela estava sendo comigo. Todos à minha volta podiam ver aquilo, menos eu. Vivia na ilusão de que ela merecia a minha companhia, quando, na verdade, só se importava comigo quando não tinha mais ninguém para dividir seu tempo.

Kaori ficou para trás e Ferreira entrou no vestiário comigo. Sentei-me no banco de cimento e ele me jogou um bolo de toalha de papel. As folhas foram caindo no chão, uma a uma, ensanguentadas, manchando o piso. Tinha sangue na minha roupa, nos meus tênis e nos meus óculos. Levantei-me, meio zonzo, e enfiei a cabeça debaixo da torneira da pia para lavar a cara e o cabelo de uma vez só. Depois, fiz dois rolinhos com papel e enfiei nas narinas para estancar o sangue.

Ferreira e eu olhamos um para a cara do outro e começamos a rir. Naquele momento eu estava pouco me lixando para a Anne e aquele namorado otário dela, e para aquela festa ridícula também. Tínhamos irritado os alunos o suficiente para que me dessem um soco na cara. Era o máximo.

O ápice do que poderíamos esperar por levar um monte de desconhecidos para uma festinha estúpida.

Certifiquei-me de que o meu nariz estava no lugar e saí do vestiário sob olhares de deboche.

Levantei os braços em sinal de vitória e dei um grito. Todo mundo deve ter achado que eu estava bêbado, o que, por motivos óbvios, era a última coisa que eu poderia estar. Kaori e Ferreira me acompanharam. Saí da festa com os dois, cada um me abraçando de um lado.

20

Minha parte favorita do café da manhã sempre foi ficar na frente do computador assistindo a desenho animado baixado da internet, comendo biscoitos recheados e tomando Nescau. Mas agora que minha mãe estava sóbria, eu ficava com ela à mesa da cozinha e, bem, era obrigado a evitar a overdose de glicose trocando o biscoito recheado por pão com manteiga, de modo que ela não percebesse todo o estrago que a sua negligência tinha feito na minha alimentação.

Ela me analisava com seus olhinhos enquanto eu fingia que não era comigo. *Mães têm essa coisa de saber ler mentes*, eu pensei, antes de me dar conta de que na verdade bastava ela olhar para o meu nariz, inchado, com um puta hematoma, para saber que tinha algo errado.

Ela esticou o dedo na minha direção.

— O que é isso no seu rosto?

— Nada não. Bati a cara numa porta de vidro.

Ela não pareceu satisfeita.

— Que porta de vidro?

— Na casa do Ferreira — respondi, rápido, tentando parecer convincente. — Eles têm aquelas portas e tudo o mais. Não vi que tava fechada.

Ela soltou um muxoxo e deu mais um gole no café, mas continuou a me olhar de maneira estranha.

— Você e aquele garoto… — começou.

— O que tem ele?

— Eu só queria que você soubesse que eu não me importo se vocês dois…

Esquece aquilo que falei sobre mães lerem mentes. Às vezes são hipersensitivas para adivinhar as coisas, mas algumas vezes é pura vergonha.

— Afe, mãe, na boa!

— Rafa, só quero dizer que eu não me importo!

— Bem, que bom, só que *eu* não sou gay. Só ele é.

— É só que você nunca trouxe nenhuma garota pra casa e…

— E isso não quer dizer nada.

— De qualquer forma, bem, agora você sabe.

Ela começou a enveredar por assuntos relacionados, falando de sexo seguro, tentando bancar a mãe desencanada, e me senti tão desconfortável que levantei da mesa.

— Que seja, mãe.

Agarrei meu copo de Nescau e saí da cozinha. Agora que conseguia se lembrar das coisas que aconteciam em casa, ela parecia convencida de que devia ter algum tipo de conversa sobre sexo comigo, mas isso era a última coisa que eu queria. Ela não se deu por vencida, levantou e foi atrás de mim:

— Só queria dizer que eu não daria bola e que, se você for fazer algo, prefiro que seja na segurança de casa.

— Não vou falar sobre isso com você, obrigado! — gritei, já do alto da escada, antes de me trancar no quarto. Ela gritou lá de baixo:

— Quando quiser conversar, é só me chamar! Vou deixar um pacote de camisinhas no banheiro!

Fiquei atrás da porta, sentindo vergonha da minha própria existência.

Naquela época eu tinha certeza de que mães não serviam para aquele tipo de coisa. *Ninguém servia*, eu pensava. Era tudo um grande mistério, e cada um que descobrisse por conta própria. Claro que eu pensava assim porque tinha passado muitos anos precisando me virar sozinho, mas até que conseguia imaginar outros garotos e garotas tendo conversas mais abertas com seus pais.

De todo modo, parecia que tinham feito uma lavagem cerebral na minha mãe. Era outra pessoa. Eu ainda estava preocupado, é claro. Depois da quantidade de besteira que ela já tinha feito, seria impossível ficar tranquilo de uma hora para outra. Mas eu estava feliz que ela estava bem e melhorando rápido. Rápido demais para o meu gosto – não estava preparado ainda para conversas sobre sexualidade entre um e outro gole do meu Nescau quente.

Sentei-me na frente do computador e fiquei ali me deprimindo vendo o Facebook da Anne, com uma nostalgia doente consumindo meu cérebro enquanto eu via fotos e conversas antigas.

Peguei um caderno, uma caneta e me joguei na cama. Tenho vergonha de admitir isso, mas fiz uma lista, como se fosse uma criança pequena. Prós e contras da Anne. Queria me convencer de que não compensava gostar dela, mas, ao mesmo tempo, queria saber o que tinha ali que valia a pena. Afinal, até segunda ordem, ela ainda era minha melhor amiga. Uma lista nunca resolveria isso, mas talvez me ajudasse a ver as coisas com frieza, sob uma perspectiva diferente e, quem sabe, trouxesse alguma claridade.

Prós e contras da Anne:

Pró: ela é minha amiga
Contra: ela é minha amiga
Pró: eu posso confiar nela
Contra: não sei mais se posso confiar nela
Pró: nós gostamos das mesmas coisas
Contra: não está ajudando nos trabalhos da escola
Pró: ela sempre me ouviu
Contra: ela está mudando e eu não
Contra: ela é uma babaca e dá mais bola pros outros do que pros amigos
Contra: deixou os outros tirarem com a minha cara
Contra: não me ajudou quando levei um soco.

Fiquei olhando a minilista por muito tempo, sem saber o que tirar dela. Percebi que um dos lados estava perdendo. Tentei diminuir o outro lado, mas não consegui. Fazia pouquíssimo tempo desde que ela tinha começado a sair com o Michael, mas as coisas tinham mudado demais desde então. Se eu tivesse feito a lista um mês antes, ela teria sido totalmente diferente. Eu diria que Anne era perfeita, linda, engraçada, maravilhosa. Tentei pensar um pouco sobre isso e no que tinha mudado, mas não fazia mais diferença nenhuma.

Para ser bem sincero, estava me sentindo culpado por chegar àquelas conclusões. Eu não era capaz de enxergar tudo de forma panorâmica. Via apenas o que estava na frente dos meus olhos: Anne sendo distante. O que eu deveria ver, e falhei em conseguir, eram os motivos para isso acontecer. O que estava havendo com ela? Por que agia daquela forma? O que Michael fazia para conseguir controlá-la daquele jeito? Como ela se sentia com isso?

Mas não foi assim que as coisas aconteceram. Todo o meu mundo estava repentinamente diferente, e era só nisso que eu prestava atenção.

Os últimos dias tinham servido para me mostrar que o que eu sentia por ela não era nada demais. E mais do que isso: o que antes era carinho estava aos poucos se transformando em outra coisa. Preguiça, decepção e até uma pontada de raiva. Isso me fez pensar duas vezes sobre o que eu sentia pela Kaori, porque o frio na barriga que me dava perto dela era o mesmo que a Anne causara. Isso claramente significava que o que eu sentia não passava de uma paixonite movida por hormônios.

E aí veio a segunda parte do café da manhã de cada dia. Aquela que eu precisava esconder sob munhequeiras e braceletes. A parte em que a lâmina escondida dentro das páginas do livro corria suave na minha pele, abrindo uma fissura grande o suficiente para que minúsculas gotículas de sangue brotassem e uma dor aguda subisse até meu cérebro.

Naqueles breves instantes, minha mente ficava em branco. Não havia mais nada nem ninguém. A dor percorria meu braço como uma agulha carregada de eletricidade. Eu a sentia na base da minha nuca, nos dedos dos meus pés, no meu peito. Estava em todos os lados e em cada parte de mim. A única coisa real o suficiente e da qual eu tinha certeza. Uma dor familiar que fazia tudo o mais ir embora, mas, assim que acabava, se tornava inútil.

E então eu sentia vergonha.

Eu me achava patético por me cortar e me cortava por me achar patético. Você pode imaginar o círculo vicioso que aquilo virava. Já existia no mundo um tipo de conceito pré-definido de que garotos como eu, que não se adequavam à sociedade, se machucavam ou se matavam, o que me fazia esconder aquilo a todo custo. Era algo que nem a Anne nem ninguém nunca saberia.

Esse preconceito era um dos principais fatores que me impediam de procurar ajuda. Com quem eu iria conversar sobre aquilo sem que minimizassem a minha dor? Sem ser zoado ou acusado de ser um maníaco suicida, ou de só estar querendo chamar a atenção?

Eu não queria me matar, só queria ter aqueles instantes de paz. A lâmina era a minha droga. Alguns bebem, outros fumam, uns usam coisas mais pesadas. Eu desprezava todos eles, mas eu me cortava. E funcionava.

Arrependia-me de cada corte. Principalmente quando, a certa altura, comecei a precisar cortar em outras áreas, nas pernas, perto das costelas, me vendo obrigado a me esconder cada vez mais, sentindo cada vez mais vergonha de mim.

Talvez eu devesse ter procurado ajuda, falado com alguém, contado para a Anne ou procurado a psicóloga que trabalhava na escola, mas não fiz nada disso. As pessoas à minha volta desdenhavam desse tipo de comportamento e me deixavam sem coragem de fazer nada. Hoje eu sei que estava doente. Ninguém zoa uma pessoa que está com gripe; por que faziam isso com quem tinha depressão?

Eu escondia aquelas marcas e tinha medo de muitas coisas. Medo de ficar sozinho, medo de que algo acontecesse com minha mãe. Tinha medo de perder os poucos amigos que tinha, medo do meu pai e do que a influência dele podia ter feito comigo. Tinha medo de que descobrissem as coisas que eu fazia e o que eu sentia. Tinha medo de passar vergonha em público. Medo de achar natural quando eu me tocava. Medo de gostar de alguém. Medo de picadas de abelha.

Medo de decepcionar as pessoas. De decepcionar a mim mesmo. De conseguir parar de me cortar. De nunca conseguir parar de me cortar. De algum dia cortar muito fundo e na direção errada.

Naquela época, todas as direções pareciam erradas.

E talvez estivessem mesmo.

21

Segunda-feira, aula chata, e a primeira coisa que escutei quando entrei na sala foi: "O que aconteceu com seu nariz, otário?". "Briguei com sua vó", foi a resposta que dei, e uma explosão de risos invadiu a sala de aula. O valentão continuou os insultos e eu ignorei. Sentei-me em minha cadeira, que continuava com o pênis desenhado. A Anne já estava ali. Ela nem se virou para falar comigo. Olhava pela janela de forma distraída.

Não senti vontade de cumprimentá-la. Anos de amizade e de repente estávamos ali como duas crianças pequenas que criam birra uma da outra e param de se falar. Ela provavelmente sabia que eu estava irritado, já que não fez menção de me dar "oi". Fiquei satisfeito por ela ao menos ter noção da besteira que tinha feito. Embora, pensando friamente, a maneira de ela mostrar que tinha noção disso era me ignorar novamente.

Em compensação, Kaori sentou-se ao meu lado, roubando descaradamente o lugar de outra pessoa.

— Como tá seu nariz?

Fiz um sinal de "okay" irônico, e então disse que meu nariz estava uma bosta. Ela riu, mas reparei que ficou olhando para a Anne, logo atrás de mim.

— E aí, Anne? — Kaori cumprimentou, tentando ser simpática. Anne acenou com a cabeça.

— Tá tudo bem com você? — me peguei perguntando para ela, esquecendo que não estávamos nos falando.

— Tá sim, por quê?

Anne respondeu de forma ríspida. Não estava bem coisa nenhuma. Dei de ombros, deixando ela em seu canto.

A aula começou e não demorou muito para um bilhetinho aparecer na minha mesa. Olhei para o lado e Kaori estava escondendo um sorriso.

Ricardo tá sem cueca. Dá pra ver as bolas quando ele abre as pernas.

Ricardo estava do outro lado da sala, apoiado na parede e virado para nós, sem perceber nada. Vestia o calção das aulas de Educação Física, e quando abriu as pernas foi a visão do inferno. Tive que me segurar para não rir. Pedi licença para ir ao banheiro só para poder sair da sala e rir no corredor até conseguir me controlar.

Eu só não esperava que Kaori fizesse o mesmo. Nem que ela me segurasse pelo braço e me arrastasse pelo corredor até as escadas de emergência.

— Onde você tá me levando?

— Vou te mostrar uma coisa. Eu estudei aqui no quarto ano, e era o meu lugar favorito pra ficar no recreio.

— Não estamos no intervalo, Kaori, e ninguém mais fala "recreio".

— Você vai mesmo voltar pra sala?

Não, eu não ia.

Subimos quatro lances de escada com as luzes queimadas. Reconheci o lugar como o depósito. Era um corredor pequeno com apenas uma porta, que ficava sempre trancada. Era lá que guardavam cadeiras quebradas, carteiras velhas, produtos de limpeza e tudo mais que precisasse ser guardado. A janela era pequena e quase não entrava luz por ali.

— E se descobrirem a gente aqui?

— Ninguém nunca vem aqui. Acho que só usam a sala fora do horário ou algo assim.

— Isso de acordo com sua experiência do quarto ano, quando você tinha oito anos de idade.

— Ainda assim. É só a gente sair correndo quando ouvir passos no corredor. Ninguém vai ver a nossa cara.

— Eu sempre estudei aqui. Como não te conheci antes? — perguntei.

— Eu era da turma da tarde.

Balancei a cabeça, pensando que devíamos ter nos esbarrado várias vezes durante aquele tempo sem, no entanto, nos conhecermos. Achei estranho matar aula com outra pessoa que não a Anne. Na verdade, tudo estava muito estranho para mim, mas não havia do que reclamar. Eu só esperava que a Anne voltasse ao normal e pudéssemos ser amigos de novo, como era antes de o Michael aparecer. Também percebi que eu gostava mais da risada da Kaori do que queria admitir, afinal eu era só um saco de hormônios sem sentido.

— Por que você vinha aqui quando era pequena?

— Pra não apanhar, basicamente.

Eu arqueei a sobrancelha pra ela.

— O quê?

— As outras crianças me batiam no recreio e essas coisas. Então eu ficava aqui lendo ou jogando.

Ela se sentou no chão, olhando para a janela. Imaginei que tipo de lembranças ela teria e se a nostalgia era positiva ou negativa. Sentei-me ao lado dela e senti seus cabelos quando apoiou a cabeça no meu ombro. Ela era uma coisinha quente e delicada.

— Por que você apanhava?

Ela deu de ombros.

— Sei lá, pelo mesmo motivo que qualquer um apanha. A mesma razão pela qual zoam você, provavelmente. Falta de louça pra lavar e de um terreno pra capinar.

Eu ri e concordei. Realmente não havia motivo nenhum para sermos zoados ou nos baterem quando pequenos, além do simples fato de que éramos diferentes. Não parecia justo, mas acontecia. *Bullying* era o assunto da moda, e, no entanto, ninguém fazia nada na prática para evitar aquilo, nem os pais de quem apanhava, nem os de quem batia, nem os professores.

— Posso te contar uma coisa, Rafa?

— Deve. Sempre.

— Eu nunca fiquei tempo suficiente em uma escola pra me apegar a ninguém. Quando eu era mais nova, mudava de Blumenau pra Floripa e pra outras cidades aqui da região quase todo ano. Na única vez que fiquei o bastante em um lugar pra começar a gostar de alguém, nos mudamos antes que eu pudesse fazer algo a respeito. Sem contar o medo que eu tinha de falar qualquer coisa pro cara.

Eu a deixei falar, sem interromper, me perguntando por que uma garota como ela havia escolhido justamente um cara como eu para se abrir daquela forma. Ela se calou por um tempo, enrolando uma mecha do próprio cabelo nos dedos.

Ela ficou tanto tempo quieta que achei que era só aquilo mesmo que pretendia dizer.

— E qual o ponto disso?

Ela deu uma risada sem graça, escondendo o rosto no meu peito.

— O ponto é que nunca beijei alguém.

Por algum motivo aquilo não me surpreendeu muito, baseado na minha própria experiência com o assunto. Eu nunca tinha ficado com alguém de quem eu gostasse mesmo, e, para falar a verdade, se eu tivesse esperado a pessoa certa não teria beijado ninguém nunca, igual a ela.

Era estranho, considerando que a maioria dos garotos e garotas da nossa idade já nem virgens eram. E ali estávamos nós, dois virgens depressivos. Kaori continuou falando. Não sei se para tentar escapar da vergonha da revelação, ou se realmente queria chegar a algum lugar com aquilo.

— Isso foi ano retrasado. A última vez que gostei de alguém. E depois daquilo eu resolvi deixar de lado, sabe? Pra que gostar de alguém se logo vou me mudar e a gente nem vai poder ficar junto? Agora eu já tenho idade pra entrar num ônibus sem precisar dos meus pais. E, convenhamos, a internet tem que ser útil pra alguma coisa.

— Não sei se estou entendendo aonde você quer chegar.

Ela se levantou e me olhou bem nos olhos.

— Se a Anne fosse embora... você acha que ainda gostaria dela?

— Por quê? Você ainda gosta desse cara da outra escola?

— Não, não é isso. Só quero saber o que você faria.

Estalei a língua, desconfortável com o rumo da conversa.

— Não acho que eu goste dela, Kaori. Nem sei se já gostei de verdade, sei lá.

Ela tirou o celular do bolso e ficou um longo tempo olhando para ele.

— Não sei se eu deveria te mostrar isso — ela disse —, mas, se fosse comigo, ia querer saber.

Aí ela entrou no aplicativo de mensagens pelo aparelho e escondeu a tela de mim por alguns segundos.

— O que foi? — A essa altura eu já não estava entendendo mais nada.

E então ela me entregou o celular.

— Isso foi no dia do trabalho de Geografia que ela não apareceu. Aquele na sua casa.

Era uma conversa dela com a Anne. Kaori perguntava se estava tudo bem, já que ela não havia ido à minha casa.

Aquilo embrulhou meu estômago.

Ann S2: Nada não. É só que até o Michael já percebeu que o Rafa é a fim de mim. Ele não quer que eu fique indo lá.

Kaori: É só um trabalho de escola.

Ann S2: É, um trabalho de escola. Na casa do Rafael.

Kaori: E aí vc não foi por causa do que o Michael acha?

Ann S2: Não quis irritar meu namorado à toa, Japa. E acho que pode ser melhor tbm. Talvez ele me esqueça. Não é como se ele e eu algum dia fôssemos ficar juntos ou qualquer coisa. Você é uma garota, você sabe disso.

Kaori: Sei o quê?

Ann S2: Não é como se alguém algum dia fosse se apaixonar por ele. É meu amigo e só.

Parei de ler aí. Não sei o que mais foi dito naquela conversa, e, sinceramente, nunca quis saber. Larguei o celular no chão e apoiei a cabeça na parede. Fechei os olhos e busquei tudo o que restava de força em mim para não chorar. Pensar que a Anne sempre soube o que eu sentia e saber que ela era babaca o suficiente para dizer aquelas coisas pelas minhas costas era demais. Senti a mão da Kaori segurar a minha e ela me abraçou.

— Desculpa — ela disse. — Eu tinha que te mostrar isso.

O que eu poderia dizer? Era claro que eu tinha que ver aquilo, ler com meus próprios olhos, era a última coisa que eu precisava para esquecê-la de uma vez por todas. Todo o rancor acumulado que eu tinha veio de uma vez só, e me vi me levantando do chão em um movimento brusco. Deixei a Kaori e corri. Desci as escadas, vários degraus de uma vez só. Atravessei o portão da escola e fui direto para casa. Não parei no caminho, não olhei para ninguém, não esperei antes de atravessar a rua, nada. Nem pensei na minha mochila que havia ficado na sala de aula.

Cheguei à minha casa e fiquei olhando para o portão com raiva.

Eu estava sem minhas chaves. Fiquei com vergonha de bater na porta sabendo que estava com o rosto encharcado de lágrimas, mas nem tinha certeza se a minha mãe estava ou não ali para abrir. Na dúvida, sem coragem de tocar a campainha, me sentei em frente ao portão e esperei. Senti como se estivesse em um sonho. Outra realidade. Algo que não pudesse estar acontecendo. Mas estava, e aquele mundo era o meu mundo.

E eu estava mais perdido do que nunca nele.

22

Meu pai uma vez me disse que se as pessoas soubessem o que eu falava ou fazia sem que pudessem ver a minha cara ou ouvir a minha voz, achariam que eu era uma mulher.

Eu não ligava de ser comparado a uma mulher. O que me incomodava era que ele falava essas coisas de forma pejorativa. Como se ser uma garota fosse sinônimo de fraqueza, e eu, por ser um cara, devesse agir da forma X, Y, Z para me diferenciar delas.

Se isso fosse verdade, todas as meninas seriam absolutamente iguais, assim como todos os meninos, o que é uma baboseira gigantesca. Esse negócio de "coisa de menino" e "coisa de menina" deveria ser extinto junto com os babacas com pensamento do século passado que propagam essas ideias.

Lembrei aquilo enquanto estava ali, sentado no chão, com a cara vermelha de tanto chorar.

Levei um susto quando minha mochila caiu do meu lado na calçada.

— Da próxima vez que você tiver um surto e resolver sumir da sala de aula, favor avisar com antecedência ou levar sua mochila com você.

Minha esperança era de que fosse a Kaori trazendo-a até mim. Mas não. Era a Anne. Eu me levantei e fui direto ao bolso da mochila onde eu guardava as chaves de casa. Queria ficar longe dela o mais rápido possível. As chaves não estavam lá. Suspirei, cansado. Toquei a campainha, mas minha mãe não atendeu.

— Podia pelo menos agradecer, já que me dei ao trabalho de vir até aqui, né, Rafa.

Não respondi. Só pedi a cópia dela da chave. Ela deu de ombros e ficou me olhando com seus olhinhos brilhantes.

— Sua chave, Anne. Me empresta sua cópia.

Ela continuou ali parada sem dizer nadinha. Até que resolveu abrir a boca:

— Não tenho mais a cópia, Rafa.

— O quê?

— Não tenho mais. O que você esperava? Eu tenho um namorado agora e não posso ficar andando por aí com a chave da casa de outro cara.

Aquilo era um absurdo tão grande que fiquei um tempo longo olhando para a cara dela, sem reação. Eu estava certo quando achei que havia algo muito errado acontecendo. Não apenas em casa, apanhando do pai, mas também algo com o Michael, aquele enorme imbecil.

— Anne, independentemente de qualquer coisa que você ache de mim, independentemente do quão desconfortável você se sinta sabendo que eu era a fim de ti... você não pode deixar esse cara fazer isso.

— Fazer o quê, Rafa? Gostar de mim? Se preocupar por que meu amigo quer transar comigo?

— Não tô falando disso, Anne. Não finge que você não tá entendendo!

— Cala a boca, Rafa, não fala do que você não sabe.

— Do que eu não sei? Anne! Você *pertence* a ele por acaso? Na boa, fica fazendo tudo o que ele manda, nem fala mais comigo direito, parece até um bichinho de estimação dele.

Eu queria continuar falando, mas ela começou a se afastar, de braços cruzados.

— Presta atenção — eu gritei, não querendo deixá-la ir embora. — Desculpa, tá? Desculpa se eu me apaixonei por você. Não é como se eu decidisse nada!

— Me deixa em paz, Rafael!

— Anne!

Corri até ela e a segurei pelo braço. Ela tentou se desvencilhar, mas ficou ali. Nós dois com o rosto vermelho e olhos inchados. Ela estava chorando também. E nós, tão distantes e tão próximos um do outro.

— O que você fez com a sua chave? Você jogou fora?

— Joguei. Preciso desenhar pra você?

— Precisa, sim. Precisa desenhar, já que não estou entendendo mais nada do que tá acontecendo aqui. A nossa cópia das chaves era como uma prova de confiança. A gente tem isso desde criança. Vai jogar fora agora por causa desse idiota?

Ela me olhou furiosa, a boca contorcida em uma linha fina no rosto. Não respondeu nada. Eu esperava que minhas palavras tivessem surtido algum efeito, que ela pensasse friamente sobre aquilo. Sobre mim, sobre as chaves, sobre o Michael.

Eu nunca tinha estado no lugar dela. Não tinha como chegar perto de entender. Como era viver com um pai abusivo que a culpava diariamente pela morte da mãe, sem nenhum apoio na vida além de alguns poucos amigos. E se eu não tivesse minha mãe, que me amava? Como eu seria? Com que tipo de gente me relacionaria?

— Por favor, Rafa — ela suplicou. — Deixa isso de lado. Eu não quero perder meu namorado por sua causa.

Eu comecei a rir. Olhei para ela e ri. Foi de uma babaquice gigantesca, mas fiquei rindo, apesar de vê-la tremer. De vê-la chorar.

— Qual o seu problema? — perguntei, finalmente, quando consegui parar. — Você acabou de conhecer esse cara. Não faz nem dois meses! Aí você joga fora dezessete anos de amizade por causa de um imbecil como ele?

— Você que é um imbecil!

— Pelo menos eu gostava de você de verdade, em vez de só querer te comer.

Aí eu levei um tapa. Merecido, devo dizer. Forte. Muito mais forte que o soco que tinha levado no nariz, embora não tivesse me arrancado sangue. Mais forte, talvez, por ser muito mais significativo para mim.

E aí ela foi embora.

E eu comecei a chorar de novo.

Eu não sabia por quanto tempo mais conseguiria lidar com tudo aquilo. Sem a Anne, a vida parecia bem mais difícil de ser vivida. O ar mais pesado, minhas pernas mais bambas, meu coração mais endurecido.

Eu solucei alto, vendo-a se afastar e sem saber o que fazer. Sentei-me de novo, de costas para o muro. Queria só que o mundo deixasse de ser um lugar horrível. Que as pessoas deixassem de ser horríveis. Que eu pudesse me sentir bem outra vez.

23

Tive que esperar minha mãe chegar para abrir o portão. Nem olhei para ela para que não visse minha cara patética. Entrei e fui direto para o meu quarto, fazendo força para não me cortar de novo. Enfiei-me na cama, sentindo raiva, ódio, vergonha e tudo o que se podia sentir numa situação como aquela. Não sei por quanto tempo fiquei ali, mas acabei pegando no sono. Acordei com um pulo, sei lá quanto tempo depois, quando a porta se abriu.

— Tem alguém aqui pra te ver — disse minha mãe.

Ela se afastou e deu espaço para que Kaori entrasse, enquanto eu me certificava de que não havia mais lágrimas no meu rosto. Levantei para fechar a porta e dei um "oi" constrangido. Kaori se sentou na cadeira do computador, parecendo tão constrangida quanto eu. Ela abriu a mochila e mostrou as minhas malditas chaves.

— Caiu do seu casaco quando a gente tava no depósito.

Estendi a mão para pegar, mas ela agarrou meu punho no ar. Quando puxei de volta, já era tarde. Ela arregaçou as mangas compridas da minha camiseta, olhando fixamente para onde eu costumava usar a munhequeira preta que escondia meu punho.

Ali havia uma série de cortes.

Seis deles recém-abertos.

Ficamos nos encarando por um tempão. Ela ali, segurando a minha mão, sem acreditar no que tinha visto, com os olhos pretos puxados fixos em mim.

Puxei o punho de volta, escondendo o braço com a manga da camisa.

— O que você fez? — ela perguntou.

— Não quero falar sobre isso.

— Rafa…

— Já disse, não quero falar.

Ela se sentou na cama ao meu lado e puxou meu braço mais uma vez. Eu deixei. As mãos dela eram muito pequenas, e lembro bem como eram quentes apesar do frio que fazia. Ela passou os dedos por cada um dos seis cortes. As unhas pintadas de azul já descascadas.

— Há quanto tempo você faz isso?

Vi que seria inútil não querer falar. Talvez fosse a oportunidade que eu precisava para pedir ajuda. Fiquei quieto um tempo, ponderando, enquanto ela continuava a analisar meu punho. Talvez já estivesse na hora de contar para alguém. De me abrir de verdade. Deixá-la ir tão fundo como ninguém havia ido.

Eu não queria que ninguém soubesse, mas admito que às vezes desejava ser descoberto. Um pedido secreto de socorro, para que alguém me fizesse parar. E depois de todos aqueles anos de amizade com a Anne, com ela dormindo tantas vezes lá em casa, foi a Kaori, que eu tinha acabado de conhecer, quem percebeu.

— Como você soube? — perguntei.

— Não soube. Só vi agora. E então entendi por que você não tira aquela coisa do braço — ela disse. — Desculpa, Rafa.

Eu balancei a cabeça.

— Não precisa se desculpar.

Aí respondi à pergunta. "Três anos." Era o tanto de tempo que eu já vivia com aquele hábito. Falei para ela por que eu me cortava e como aquilo fazia eu me sentir, e o olhar no rosto dela era de dar pena, como se entendesse bem demais do que eu estava falando, com os olhinhos pretos molhados de lágrimas.

— O que você usa pra se cortar? — ela perguntou, levantando da cama.

Alcancei o livro na mesa de cabeceira e tirei a lâmina de barbear do meio das páginas. Ela pegou o objeto das minhas mãos e se afastou. Então arrancou uma folha de caderno e o dobrou em volta da lâmina, até ter um quadrado de papel nas mãos.

— Você precisa me prometer que não vai fazer isso de novo.

— Não acho que seja assim que funciona.

— Você já tentou?

Não, eu não havia tentado. Mas não acreditava que uma promessa seria suficiente para me fazer parar. Além disso, era melhor que eu tivesse a lâmina para me cortar, pois a alternativa a ela eram facas que faziam muito mais estrago e não eram nem de perto tão agradáveis.

— Se você nunca tentou — ela disse —, não tem como saber se funciona ou não. Você vai me prometer que não vai mais se cortar, e se algum dia sentir muita vontade de fazer isso, vai me procurar e eu fico com você. Não precisa passar por isso sozinho.

Ela voltou a se sentar ao meu lado na cama, colocando a folha dobrada com a lâmina dentro da própria bolsa. Segurou minhas mãos, esperando uma resposta. Eu fiz que sim com a cabeça. Senti uma fração de peso deixando meus ombros. Uma sensação boa e pouco conhecida. Ela sorriu.

Havia apenas uma coisa que eu fazia bem: *me apaixonar por amigas*, pensei, olhando para ela ao meu lado.

Tentei me convencer de que não cairia naquele truque de novo. Mas isso durou apenas alguns segundos, pois logo Kaori estava em cima de mim, com a boca colada na minha.

Fiquei embasbacado por um instante, sem saber o que fazer. Então a beijei de volta, agarrando os cabelos dela enquanto ela me prendia com as pernas na cama. Era como uma explosão acumulada de algo que levou tempo demais para acontecer e, finalmente, bum!

Eu nunca tinha beijado alguém daquele jeito antes. Com tanta vontade, tanto desejo e expectativa. De realmente querer estar ali e fazer aquilo. De não precisar me preocupar. Lembrei que era o primeiro beijo dela e tentei inutilmente desacelerar o ritmo. Ela não deixou. Beijava-me com força. Senti a textura da língua, úmida, macia e quente, e que não parava de mexer. Mordidas no lábio, a respiração ofegante. As pernas e o quadril que me prensavam na cama, me esquentando cada vez mais. Camadas de tecido separando a minha pele e a dela.

E ela era tão pequena que eu conseguia envolvê-la facilmente em meus braços. Suas mãos estavam no meu rosto, nos meus ombros, nas minhas costas e no meu peito. E eu não sabia o que fazer com as minhas. Fiquei com elas enfiadas por dentro da jaqueta da Kaori, e quando as coloquei por baixo da blusa, ela se afastou com uma risada.

— Sua mão está gelada.

Eu só sorri e a beijei de novo. E de novo e de novo. Ficamos ali sentados e depois deitados na cama, e eu tentei afastar o meu quadril do dela para que ela não sentisse o volume por baixo da minha calça. Não acho que ela tenha se importado, já que pressionou o corpo contra o meu. Estávamos tão próximos quanto era possível. Eu a queria, cada pedacinho, cada curva, cada arranhão nas minhas costas que arrancava casquinhas das feridas que eu mesmo tinha aberto com a lâmina.

Eu não me importei. Não tive medo de me apegar nem do que ela ia achar de mim. Não tive medo da entrega.

24

Minha mãe teve um rompante de sexto sentido e bateu na porta em vez de ir entrando, como fazia normalmente.

— O que foi? — gritei.

— Se vocês quiserem almoçar, a comida tá na mesa.

Ouvi os passos dela se afastando e voltei a olhar para a criatura embaixo da coberta ao meu lado. Nós estávamos extremamente próximos para que não caíssemos da cama pequena. Os casacos amarrotados e as pernas entrelaçadas.

— Fome? — perguntei. — Antes de responder, saiba que minha mãe cozinha muito mal, muito mal mesmo.

Ela riu.

— Eu comeria qualquer coisa, na verdade. Até miojo mal cozido.

Eu apenas sorri, rezando para que minha mãe tivesse só enfiado uma lasanha no micro-ondas. Ela tinha a capacidade de queimar até pão de queijo congelado. Nós dois éramos grandes desgraças na cozinha, e se me perguntassem eu não saberia dizer como tinha atravessado a puberdade sem sinais claros de subnutrição.

Levantamos da cama e procurei meus óculos, perdidos no meio das cobertas. Kaori calçou os tênis e tentou ajeitar o cabelo no espelho do meu armário. Pela primeira vez na vida estendi a mão para que uma garota a segurasse. Ela hesitou por um segundo, tão surpresa quanto eu com aquele gesto, e seus dedinhos se fecharam em volta dos meus antes de descermos a escada para enfrentar minha mãe e a cozinha.

Um sentimento de vitória invadiu meu peito, mas já estava me preparando para sentir vergonha com qualquer comentário sem noção que minha mãe pudesse fazer.

Eu nem podia acreditar que apenas algumas horas antes estava chorando na calçada.

Por sorte, ela tinha mesmo recorrido à sua especialidade: lasanha de micro-ondas. Colocamos batata palha por cima para fingir que era uma refeição de verdade. Pelo menos tinha suco natural de laranja, então olha só que família saudável.

Todo mundo estava meio sem graça durante o almoço. Minha mãe não falava nada, e eu e Kaori não sabíamos bem como agir um com o outro naquela situação. Kaori era tímida, então eu podia vê-la corando durante toda a duração de sua parte da lasanha. Eu sentia que tinha mil coisas para dizer a ela, mas não queria fazer nada daquilo na frente da minha mãe. Pensando bem, acho que o sorriso sem graça que trocamos falou mais do que qualquer palavra que pudéssemos ter dito naquele momento.

Foi difícil aceitar que Kaori tinha que ir embora. E lembrar que era só segunda-feira e que teríamos de esperar uma semana inteira até podermos ficar juntos por mais tempo. Quer dizer, se realmente fôssemos ficar juntos de novo ou coisa assim.

Eu não tinha noção de como agir no dia seguinte quando a visse na escola. Deveria beijá-la na boca ou não? Deveria andar de mãos dadas com ela ou não? As pessoas faziam esse tipo de coisa quando não eram namorados e só tinham ficado uma vez? Não fazia a menor ideia. Eu nunca tinha sido uma dessas pessoas.

Só sei que ficamos nos beijando por umas dez horas enquanto o ônibus dela não passava. Depois fui direto para o chuveiro, com a mente mais poluída dos últimos meses, possivelmente dos últimos anos.

Não consegui fazer nada naquele dia. Um frio na barriga tirava a minha concentração o tempo todo. Zumbis de motosserra cortaram minha cabeça várias vezes antes que eu percebesse que jogar video game era inútil. A sensação de manteiga derretida no estômago ficou lá o tempo todo enquanto eu estava na internet, *stalkeando* a página da Kaori no Facebook, como se já não tivesse visto mil vezes cada uma daquelas fotos. Era como se eu pudesse voar caso me jogasse da janela.

Desisti de fazer qualquer coisa. Fiquei deitado na cama, sonhando acordado, revivendo cada detalhe na minha cabeça. Queria poder me teletransportar para voltar a estar com ela e sentir a textura da pele e o gosto da boca pequena e macia. Perguntava-me a cada segundo se ela também se sentia assim e me toquei pensando nela, imaginando se ela faria o mesmo pensando em mim.

No dia seguinte, acordei mais cedo que nunca. Não queria perder nenhum segundo da Kaori na escola. Coloquei minha calça verde, camisa do The Wombats, tênis enorme, casaco quente, touca na cabeça. Pacote de biscoito Passatempo na mochila e duzentos mililitros de Toddynho.

O pátio estava vazio, com alguns poucos alunos com cara de sono e pombos espalhados. A cada passo que eu dava para a sala de aula meu estômago parecia que afundava mais de tanta ansiedade. Percebi que um sorriso estúpido tinha tomado conta do meu rosto.

O tempo nunca tinha parecido passar tão devagar. De repente, foi como se caísse de verdade a ficha de que eu havia ficado com a Kaori. E pela primeira vez me peguei imaginando o que a Anne pensaria quando nos visse juntos – se é que faríamos isso na frente dela. E esse pensamento partia do princípio de que ficaríamos de novo, coisa que eu definitivamente queria.

Cheguei na sala e foi como se tudo estivesse em câmera lenta, como num filme adolescente ruim, com um raio de sol invadindo a janela e batendo bem no rosto da Kaori, que olhava para fora sem perceber que eu estava ali.

Parei na porta e fiquei imóvel sem saber o que fazer, o que dizer, nem onde sentar, como se já não tivesse meu lugar cativo. Só fui acordar para a realidade quando outro aluno tentou entrar na sala e me empurrou para dentro para poder passar.

Foi aí que ela me viu. Deu um sorriso encabulado e colocou uma mecha de cabelo atrás da orelha. Só me restava criar coragem, andar até lá e me sentar na carteira com pinto desenhado.

— Oi.

— Oi.

Abri a mochila, tirei de lá meu caderno e o estojo.

— Você respondeu àquelas perguntas que tinha que trazer hoje? — ela perguntou, enquanto rabiscava no caderno. Um sorriso tímido brincando nos cantos da boca.

Olhei para ela com a típica cara de aluno que não fazia ideia de que havia trabalho a ser feito.

— Fiz não. Nem lembro de nada disso.

— Eu também não. Só lembrei agora que vi anotado.

— Pelo menos você anotou alguma coisa. Valia nota?

— Acho que sim.

— Droga.

A gente trocou um olhar rápido, mas longo o suficiente para que sorríssemos sem graça. Ela fazia tanta ideia de como agir quanto eu. Aproveitamos os quinze minutos que ainda faltavam para a aula começar para tentar responder às questões o mais rápido possível, nem que fosse para ganhar pelo menos o mínimo da nota que aquilo valia. Vimos quando a Anne entrou na sala, mas ela não falou conosco. Em vez de se sentar ao meu lado, como sempre, ela foi para o outro canto da sala.

Pensei em mandar um bilhete, uma mensagem, qualquer coisa. Não sabia se ela queria falar comigo, embora tudo indicasse que não.

A professora chegou, recolheu os exercícios dos alunos e começou a escrever no quadro enquanto copiávamos tudo igual a robôs. Minha mente estava longe dos carbonos e ligações covalentes, e a cara de avoado fez que a professora chamasse a minha atenção, fazendo uma pergunta sobre o assunto da aula. Eu não fazia ideia da resposta. Ela fez cara feia e respondeu ela mesma, sem tirar os olhos de cima de mim.

Também não faço ideia.

Esse foi o bilhete em papel amassado que Kaori me mandou.

Eu tô ferrado nas provas. Esse negócio de carbono não entra na minha cabeça.

Eu até que consegui entender, se quiser, te ajudo um dia desses.

A gente pode estudar junto. =)

Só aceito se rolar lasanha de micro-ondas e miojo.

E Fanta Uva também, ou nada feito.

Meu último bilhete ainda não tinha sido entregue quando a professora nos fulminou com seu olhar mortífero. Baixei a mão para passá-lo escondido assim que ela se voltou para o quadro. Kaori pegou o papel, mas ficou segurando a minha mão. Borboletas no estômago. Borboletas bêbadas e loucas.

Não sei bem por que me ocorreu olhar, mas vi a Anne observando de longe. Imaginei se ela tinha percebido alguma coisa entre a Kaori e eu, e fiquei pensando que tipo de comentário debochado ela faria para mim se ainda fôssemos amigos e se o casal de mãos dadas na sala fosse outro.

Eu sentia um misto de preocupação e raiva ao mesmo tempo. Não entendia a razão de ela estar agindo de modo tão diferente, mas depois do ocorrido no dia anterior, ficara bem claro que algo de muito errado estava acontecendo com ela.

Eu só me via ocupado demais aproveitando minha própria vida para correr atrás dela. Queria que aquela animosidade passasse logo. Queria poder conversar com ela sobre tudo o que estava acontecendo, como nos velhos tempos em que não tínhamos segredos.

No intervalo, Kaori e eu ficamos sentados, meio sem jeito, num banco do pátio, comendo bolacha e rindo de qualquer coisa. Não nos beijamos nem nada parecido, até porque estávamos na escola e tudo mais, mas fiquei alimentando esperanças de fazer algo depois da aula, e de que o sábado chegasse o mais rápido possível.

— Seus pais não reclamaram de você chegar tarde ontem? — perguntei.

— Eles nem perceberam. Estavam no trabalho e tal. Só os vejo de noite.

Aquela era uma informação importante. Se os pais dela só chegavam em casa à noite, talvez isso significasse que poderíamos ficar um pouco juntos depois da aula. Ela se virou no banco para olhar a Anne, que estava sentada longe, lendo um livro.

— O que aconteceu ontem? — ela quis saber.

Eu não tinha contado a história completa. Para falar a verdade, meu interesse em contar era zero. Resumi e, enquanto falava, pensei se ainda havia alguma chance para a nossa amizade. Eu não sabia o que motivara a atitude dela. Se era algo da Anne mesmo ou se ela tinha sido influenciada pelo Michael. Eu poderia desculpá-la ou não. Dependeria muito da resposta para aquela dúvida.

Deixei a Anne de lado.

— Vamos falar de coisa boa — eu disse.

— Tekpix? — ela perguntou.

— Definitivamente.

25

Resolvi mandar uma mensagem para a Anne naquele dia. Eu ainda estava com aquela briga entalada no fundo do esôfago e decidi que deveria tomar uma atitude. Eu a conhecia bem o suficiente para saber que ela não seria a primeira a dar o braço a torcer, então, assim que cheguei em casa me larguei no sofá e levei bem uns dez minutos para escolher a meia dúzia de palavras que mandei para ela.

Rafles: Será que dá pra gente conversar?

Visualizado. Não respondido. Decidi insistir.

Rafles: Olha, foi mal ter dito aquelas coisas pra vc, mas não é como se eu tivesse falado aquilo pq te odeio ou coisa do tipo, vc sabe disso.

Ela não respondeu.

Aceitei a derrota e fui ajudar minha mãe na cozinha com o almoço, mas de tempos em tempos não conseguia me segurar e checava o celular para ver se havia alguma resposta.

Só lá para o fim do dia, quando nem estava mais lembrando do assunto, foi que meu celular apitou com a notificação da mensagem.

Ann S2: Só deleta esse número, cara.

Eu devo ter ficado umas cinquenta horas olhando a tela do aparelho, sem acreditar. *Só deleta esse número, cara.* Mas nem a pau aquilo tinha sido enviado pela Anne.

Tentei resistir ao impulso de ligar para ela, mas não consegui. Ninguém atendeu. Então simplesmente respondi à mensagem:

Rafles: Vai à merda, Michael.

Eu estava me sentindo superforte, decidido a resolver aquele assunto cara a cara no dia seguinte, mas assim que acordei já vestia a minha confortável pele de ameba e me arrependia até doer de ter mandado aquela última mensagem.

O que eu estava pensando?

Chequei o celular enquanto escovava os dentes e percebi que havia sido bloqueado.

Blo-que-a-do.

Aquilo aumentou mais ainda a minha raiva.

Fui um dos primeiros a chegar na sala de aula. Acho que andei mais rápido, com o motor das minhas pernas movido a ódio.

Kaori chegou logo depois e notou que eu quase abria um buraco no chão, batendo os pés igual a uma britadeira.

— Você acredita que mandei uma mensagem ontem pra Anne e quem respondeu foi o Michael? Aí sabe o que aconteceu depois? Ele ou ela, sei lá, bloqueou meu número.

Kaori contraiu os olhos e olhou em volta, procurando a Anne, mas ela ainda não tinha chegado.

— Tem certeza que foi ele?

— "Só deleta esse número, cara" — repeti a mensagem. — Só pode ter sido ele.

Kaori não pareceu convencida, e talvez tivesse razão, mas naquele momento eu não tinha espaço para dúvidas na minha cabeça.

Fiquei remoendo inúmeros cenários. Coisas que eu diria para ela, como faria para abordar o assunto... Mas lá no fundo sabia que não iria fazer nada. Sem falar que estava com medo de apanhar do Michael depois de ter mandado ele à merda.

Anne chegou atrasada. Entrou na sala de aula como um furacão, sentando-se lá no fundo, isolada. Alguns dos alunos deram risadinhas na direção dela, mas Anne não respondeu.

Ela havia cortado o cabelo. Estava bem curtinho, bagunçado. Se aquilo tivesse acontecido dias antes, eu teria ido até ela dizer que tinha gostado. Mas agora eu nem sabia mais o que éramos um do outro.

Ela desapareceu no intervalo e desapareceu também assim que o sinal da saída tocou. Acho que estava fugindo de mim de propósito, mas a vi indo embora.

Andei com a Kaori até o ponto de ônibus, como sempre, e Anne e Michael estavam do outro lado da rua. Ele não parecia nem um pouco calmo e elevou a voz o suficiente para que o ouvíssemos falar: "Eu gostava mais de como tava antes. Pra que fazer uma coisa dessas? Você tá parecendo um moleque".

Kaori e eu trocamos um olhar incrédulo. Aquilo lá era coisa que se dissesse para alguém? Sei que se fosse comigo eu teria ficado muito magoado, mas, do jeito que a Anne era, provavelmente nem se importava. Ela sempre ligava o "dane-se" para tudo que diziam dela. Bem que podia me dar uma trégua e ligar o "dane-se" para mim também, e voltar a falar com a gente como antes. Parecia que o universo não queria mesmo que eu tivesse mais de dois amigos por vez.

Anne e Michael saíram de mãos dadas na direção oposta à que estávamos. Se era aquilo que a deixava feliz, quem era eu para dizer alguma coisa?

26

Eu tinha pouca convicção das coisas que queria ou não em minha vida, mas era engraçado como algumas certezas duravam tanto quanto uma foto de perfil no Facebook.

Eu costumava estar certo de que nunca teria uma namorada, que a Anne sempre estaria ao meu lado, que minha mãe desapareceria da minha vida. E tudo aquilo estava se transformando em uma coisa completamente diferente. Acho que eu estava mesmo aprendendo a ser menos pessimista.

Não falei com a Anne aquela semana inteira, e ser visto beijando a Kaori no pátio da escola fez com que as piadinhas comigo aumentassem. Não nos importamos com aquilo. Nem com a Anne, que nos encarava de longe sempre que nos via de mãos dadas.

Minha mente estava mais clara do que nunca, e até então a promessa estava dando certo. Uma semana sem me cortar. Parecia pouco, mas, para mim, era uma vitória. Era como se eu estivesse num programa de reabilitação, como a minha mãe. Eu ainda não havia sentido vontade de verdade de fazer aquilo, mas tinha a impressão de que, se algo acontecesse, eu iria conseguir me segurar. Que seria forte o suficiente.

Na quinta-feira, minha mãe já tinha começado a achar estranho a ausência da Anne em casa. Eu tentei desconversar, mas ela insistiu:

— Estou te perguntando como ela está, Rafael.

— Ah, mãe, sei lá — respondi, pegando minha mochila para sair.

Ela me olhou com a boca apertada e a cabeça inclinada. Eu suspirei.

— Ela tá namorando esse cara idiota e começou a fazer coisas idiotas. Não sei se os dois apenas se merecem ou se ela tá estranha porque ele tá sendo babaca com ela. Deu pra entender?

Minha mãe considerou as informações por um tempo. Então se sentou no braço do sofá, alisando o cabelo com a mão.

— Eu também já fiquei com um alguém que me fazia fazer coisas idiotas — ela disse.

Quase perguntei quem era. Na verdade, era bem óbvio. Ela estava falando do meu pai. Sem esperar que eu dissesse qualquer coisa, ela se levantou e subiu as escadas.

Fiquei parado na porta. Ela tinha dito aquilo para que eu pensasse no assunto, e conseguiu atingir seu objetivo. Pensei naquilo no caminho inteiro até a escola.

O que fazer quando a pessoa que você quer ajudar não quer sua ajuda? Anne tinha ignorado todas as minhas formas de contato. Com o passar dos dias, acabei desistindo. Também não iria mandar qualquer mensagem pela internet, já que o Michael olhava tudo o que ela recebia no celular.

Fui até a mesa da Anne no intervalo e deixei um bilhete.

Se precisar, é só tocar a campainha

Queria deixar claro para ela que eu ainda estava disponível caso precisasse de mim. Ela não respondeu nem fez menção de ter recebido a mensagem, mas pelo menos eu tinha feito alguma coisa. Acho que fiz aquilo mais pelo que minha mãe disse do que por qualquer outra coisa.

Na sexta-feira, depois da aula, Kaori foi comigo para casa fazer maratona de *O exterminador do futuro*. Decidimos que iríamos rever todos os filmes e o seriado nas semanas seguintes. Sarah Connor era a personagem favorita da Kaori, informação que me fez gostar mais ainda dela. Minha mãe estava em casa e parecia gostar dela também. Depois de perguntar se eu era gay, nunca mais tinha tentado entrar naquele assunto de novo, e não tinha feito nenhum comentário a respeito de nós dois até então. As duas ficaram conversando na sala enquanto eu fazia pipoca, e eu apreciei aqueles pequenos momentos de paz. Parecia que tudo estava bem e que tudo iria melhorar, mais e mais.

Fomos para o meu quarto e assistimos só a um terço do primeiro filme. O resto do tempo passamos embolados debaixo da coberta. Volta e meia um casaco ou uma calça caía no chão. Ficamos naquele malabarismo, tentando não cair da cama pequena, por tempo suficiente para ver o finalzinho do filme. Só queríamos que os demais fossem tão bons quanto aquele.

— Só não pense que será assim no seriado — ela disse, enquanto ajeitava o sutiã por baixo da blusa. — Sarah Connor é minha heroína eterna.

Eu gostava de ir colecionando cada parte dela aos poucos. Cada minúcia e particularidade que eu descobria ou que ela me entregava. Detalhes de sua vida pessoal, coisas que ela gostava ou não, aquilo de que ela tinha medo ou o que desejava.

Sua fruta preferida era melancia. Ela tinha um medo irracional de aranhas, uma mancha de nascença nas costas e queria aprender a tocar bateria. Este último desejo seus pais não viam exatamente com bons olhos.

Ela também foi passando a me conhecer mais. E senti que começou a perceber detalhes que eu mesmo mal conhecia. Existia entre nós dois uma reciprocidade que eu nunca havia tido com ninguém. Como se estivéssemos conectados e pudéssemos ser sinceros sobre tudo.

Aquela foi a primeira vez que tiramos quase toda a roupa. Ela, é claro, percebeu as marcas dos meus cortes nos braços, nos ombros e nas laterais do corpo. Limitou-se a olhar as cicatrizes em vez de fazer algum comentário. Agradeci silenciosamente por isso com um abraço.

Por mais que não quiséssemos, a noite chegou, e Kaori teve que ir embora. Nem a família dela nem a minha mãe achariam apropriado que ela dormisse comigo. De qualquer maneira, nós já havíamos combinado de nos encontrar no sábado, no centro, para tomar sorvete e andar de mãos dadas.

27

Chegamos ao calçadão ao mesmo tempo, pegamos nosso sorvete e nos sentamos na praça Tamandaré. Era um dia de sol forte, e, como o frio havia dado uma trégua, todos podiam usar casacos mais leves. Algumas pessoas estavam aproveitando para tomar sol na praia, enquanto outras jogavam bocha ou raquete. Crianças corriam de um lado para o outro, derrubando comida ou brigando por brinquedos. Perguntei-me quanto tempo levaria para eu me acostumar com aquela sensação de silêncio em minha mente, causada pela paz.

Já havíamos terminado o sorvete quando Kaori apontou para um local na areia. Uma criança chorando, esfregando os olhos, sem ninguém para ampará-la. A garotinha parou de berrar para olhar ao redor e colocou os óculos na cara.

Eu congelei no banco da praça, sem conseguir tirar os olhos da menina. Kaori, que não percebeu nada, se levantou e foi na direção dela.

A menina era a minha irmã.

Irmã não, a filha da outra.

Impossível não reconhecê-la.

Levantei-me rápido e puxei Kaori, sem saber como explicar aquilo para ela. Eu não havia contado nada sobre a menina.

— Que foi? — ela perguntou, com pressa, se desvencilhando para continuar a andar.

— Kaori, espere um segundo, por favor.

— Qual o problema? Ela tá perdida, olha! — E voltou a apontar a garota, que tinha se sentado, desolada, com a cara melada de lágrimas e areia.

Sem tempo para explicar qualquer coisa, fui direto ao ponto, confiando nos poucos dias de cumplicidade que dividimos.

— Lembra que falei do meu pai e da amante dele?

— Sim, mas...

— Ela é a filha deles. É minha irmã.

Ao ouvir aquilo, Kaori se virou e correu até a menina com ainda mais determinação. Eu queria sumir. Simplesmente fugir antes que meu pai ou a mulher dele aparecessem. Kaori se ajoelhou na areia e usou o cachecol para limpar o rosto da menina. Segurou-a pela mão e foi devagar até onde eu estava. Eu só olhava a cena sem conseguir acreditar na minha falta de sorte.

As duas ficaram na minha frente. A garotinha não fazia ideia de quem eu era. Ficou ali, esfregando o nariz e fazendo bico. A mão agarrada na de Kaori, que então percebeu que nós não nos conhecíamos. Ela inclinou a cabeça, abriu a boca e levou longos segundos antes de falar qualquer coisa.

— Ela não sabe quem você é, né?

Eu só balancei a cabeça. Kaori soltou um resmungo de desaprovação e se voltou para a menina.

— Qual o seu nome?

A criança fungou algumas vezes e soluçou antes de responder.

— É Júlia. Cadê a minha mãe?

Consegui não dizer que a bosta da família dela devia estar fazendo algo mais importante do que cuidando da filha, mas não consegui deixar de perguntar quantos anos ela tinha. Quando ela levantou a mão com todos os dedos abertos tive a confirmação do que já imaginava.

Kaori me encarou sem entender.

— Faz três anos que meus pais se separaram — eu disse. — Não cinco.

O rosto da Kaori se iluminou, entendendo tudo de repente. Mas, em vez de fazer qualquer comentário de apoio, ela me deu um sermão:

— E o que ela tem a ver com isso? Você precisa deixar seus problemas de lado agora, Rafa. A prioridade é a garota. Vai saber onde os pais dela estão. Sugiro que você esqueça isso e seja útil, em vez de fazer com ela o que seu pai fez com você.

Aquelas palavras foram como um tapa e eu sabia que precisavam ser ditas. Ela estava certa. Meu pai havia me desprezado por anos, e eu não tinha como contar nos dedos as vezes que chorei de dor ou fiquei doente e fui ignorado. Lembro de um dia em particular em que eu estava com uma febre horrível e o velho simplesmente me deu uma pastilha para aliviar a garganta no lugar de remédio de verdade. Sem contar as várias vezes que ele havia esquecido de me buscar na escola, me fazendo andar sozinho até em casa.

E ali estava uma menina perdida dos pais, sem ideia de para onde ir ou o que fazer, e eu não podia ignorá-la pelo simples fato de ser a filha bastarda do meu pai.

"Além disso", Kaori acrescentou, "ela não pediu para estar metida nisso tudo".

Eu assenti. Olhei em volta, tentando reconhecer um dos dois por ali.

— Você lembra qual foi a última vez que viu seus pais?

— Mamãe disse que ia comprar água — ela respondeu, e temi que voltasse a chorar.

Kaori, mil vezes mais sensível que eu, se abaixou, segurando as duas mãos dela.

— Nós vamos andar por aqui e ver se a achamos. Que tal?

Júlia fez que sim com a cabeça. Era comum crianças se perderem dos pais na praia. Eu já havia visto aquilo milhões de vezes, e a melhor tática era ficar com a criança bem à vista sobre os ombros e gritando o nome dos pais. E era isso que Kaori queria fazer, apesar de a menina já ser bem grandinha e eu não ser nem um pouco forte. E a despeito de minha aversão pela mulher que estávamos procurando.

— Tudo menos isso — eu implorei.

— É a forma mais rápida de resolver o problema.

Já disse que a Kaori era pragmática? Pois ela era.

Mas nem deu tempo de a gente fazer nenhum barulho. Uma mulher alta e loira surgiu do nada, arrancado Júlia das mãos da Kaori.

Nós a olhamos, assustados. A mulher agarrou a menina no colo, nos encarando com um olhar de desprezo. Para a minha sorte, ela parecia não fazer ideia de quem eu era. Kaori tentou ser amigável, mas não conseguiu terminar nenhuma frase antes de a mulher gritar um "o que vocês estão fazendo com minha filha?", atraindo os olhares de umas trocentas pessoas que estavam por ali.

— Estávamos fazendo o que *você* não fez — foi o que eu disse.

Ela me olhou como se eu estivesse falando em algum dialeto aborígene. Kaori completou por mim:

— Achamos sua filha chorando, sozinha, sem fazer ideia de onde você estava. E já estamos aqui há pelo menos cinco minutos, e nada da senhora aparecer, o que me faz imaginar por quanto tempo sua filha ficou sozinha te esperando.

Ela falou isso bem alto, e aqueles que antes nos olhavam com estranheza subitamente transferiram esse olhar para a mulher, dessa maneira simples que as pessoas tomam partido sem conhecer direito a situação. Foi nesse momento que ela soube quem eu era.

— Você é o filho do Roberto — ela disse.

Não respondi.

— Fique longe da minha filha.

Aí ela foi embora. A menina, no colo dela, ficou me olhando. E deu um tchau com sua mão minúscula.

Não sei o que aconteceu comigo então. Antes daquele dia eu não tinha o menor interesse na garota. Não conseguia vê-la como nada além de alguém que tinha sido responsável pela separação dos meus pais. Mas aquele breve instante mexeu com algo dentro de mim.

Eu não sabia de onde vinha o sentimento, mas eu queria protegê-la. Minha vontade era de correr e tirar a menina do colo dela. De repente, na minha cabeça, a garotinha tinha deixado de ser uma estranha e passado a ser minha irmã.

Cheguei a dar um passo na direção delas, mas Kaori me segurou.

— Não tem nada que a gente possa fazer agora.

Eu sabia daquilo, mas não era algo que eu podia simplesmente aceitar. Fiquei remoendo as más lembranças que guardava do meu pai, mas pensando na Júlia, totalmente indefesa, ajeitando os óculos e esfregando o nariz. Claro que não tinha como saber se acontecia a mesma coisa com ela, e esperava sinceramente que não. Mas só havia uma forma de saber aquilo. E envolvia juntar uma coragem que eu achava que não tinha.

28

Nós ficamos observando a mulher entrar no carro com a menina e dar a partida. Trocamos um olhar rápido e Kaori perguntou se eu estava pensando em fazer algo sobre aquilo.

Sim, eu estava pensando nisso, mas não tinha ideia de por onde começar.

Um pensamento já começava a se formar na minha cabeça: tentar encontrar a casa do meu pai e tirar satisfação. O problema era como fazer isso e ao mesmo tempo manter distância dele.

Aquilo acabou com meu dia. Eu não conseguia apagar da memória a imagem da menina. De repente, a ideia de ter uma irmã era assustadora. Se eu aceitasse Júlia como minha irmã, tinha certeza de que minha mãe iria surtar. Já podia ver os olhos dela de raiva, ou, pior que tudo, de mágoa, como se a culpa fosse minha ou da menina.

O pior é que, se eu decidisse encontrar a garota, teria que falar com meu pai. Eu tinha rasgado a carta dele e não lembrava o endereço. Só sabia que moravam em Joinville. Provavelmente, tinham vindo para cá a trabalho ou para aproveitar o sol em um lugar menos deprimente que uma cidade famosa por suas chuvas intermináveis. Eu tinha propositalmente eliminado qualquer forma de encontrá-lo, e o que me restava era usar a internet, procurar no Facebook e rezar para dar certo.

Comentei isso com a Kaori, e ela concordou que eu deveria tentar encontrar meu pai. Não por ele. Ele que se danasse. Mas pela garota. Que talvez valesse a pena eu me aproximar dela e, quem sabe, passar a tratar a menina como minha irmã.

Fomos para minha casa e digitei o nome dele na barra de pesquisa do Google. Existiam umas mil pessoas com o mesmo nome. No Facebook, a mesma coisa. Fui abrindo todos os perfis nas janelas do navegador, mas nenhum deles era meu pai. Ele nunca tinha sido muito chegado à internet mesmo. Foi então que a Kaori disse que eu deveria procurar pela mãe. Era mais provável que ela tivesse uma conta, por ser mais nova e tudo mais. Fiquei roendo uma unha enquanto tentava lembrar o nome dela.

Era Bárbara Cavalcante.

Vieram centenas de resultados. Fui olhando as fotos de perfil e lá estava ela. Bárbara Cavalcante Mattos. Sobrenome do meu pai. O meu sobrenome.

Kaori saiu da cama e se sentou ao meu lado em um banquinho, olhando fixamente para a tela. A primeira foto que vimos quando entramos no perfil era a da família reunida. Meu pai, Bárbara, Júlia e mais algumas pessoas que não fazíamos ideia de quem eram.

Todos pareciam obscenamente felizes.

E ricos.

O suficiente para me fazer sentir vergonha da minha vida.

O perfil dela era todo liberado, então podíamos ver tudo, todas as fotos e postagens. O que era de uma falta de responsabilidade gigantesca, diga-se de passagem. Eles moravam em uma casa enorme, com piscina e churrasqueira.

As fotos de aniversário da garota me deram nojo. Bolos enormes, doces e mais doces, uma decoração absurda, atores vestidos de personagens da Disney, pilhas de presentes. Coisas que eu nunca tive.

Eu tinha chegado a um ponto em que sequer tentava fazer festas de aniversário, pois sabia que no máximo seria um encontro casual entre a Anne, o Ferreira e eu, comendo bolo na sala e jogando video game, coisa que podíamos fazer em qualquer outro dia do ano. Aos poucos fui aprendendo a odiar o meu aniversário.

— Não é por nada não, Rafa — a Kaori começou a dizer —, mas com o que o seu pai trabalha?

— Sei lá o que ele faz hoje em dia.

— E a mulher dele?

— Nem ideia.

— Você também é mais perdido que qualquer coisa.

Ela ficou ali ao meu lado enquanto olhávamos as fotos deles, das festas e do lugar. Chegamos à conclusão de que a casa ficava na Praia Brava, depois de vermos uma foto tirada da calçada. Parecia a avenida principal do bairro.

— Essa deve ser a casa de praia. Tem fotos demais desse lugar pra não ser deles — ela comentou, parando em uma das imagens e apontando uma construção rosa. — Definitivamente, fica na Carlos Drummond. Eu conheço essa casa. Sei exatamente onde seu pai mora. É bem em frente a essa casinha rosa.

— Certeza?

— É, sim. Essa rua é cheia de casas coloridas, eu lembro muito bem dessa casa. Devíamos ir lá logo, antes que voltem pra Joinville.

Embora parte de mim quisesse resolver aquilo, outra parte queria desesperadamente ficar em casa debaixo das cobertas. No mínimo esperar até a semana seguinte, porque, sei lá, esperar sempre parecia mais fácil. Mas Kaori estava certa. Até lá, talvez eles nem estivessem mais na cidade.

Fiquei imaginando se tocaria a campainha da casa dele e agiria como se nada tivesse acontecido. Como poderia fazer aquilo? Era similar ao que ele mesmo tinha feito semanas antes na minha casa. Com que cara eu faria aquilo?

— Com a única que você tem — respondeu Kaori, quando expressei meus pensamentos.

— Okay, vamos amanhã — eu disse.

— Nada disso — ela falou. — Vamos hoje. Agora.

— Quem é você, minha nova mãe e rainha do mundo?

— Exatamente.

Levantei-me da cadeira e fiquei andando de um lado para o outro no quarto com mil coisas na cabeça.

— Rafa, se continuar assim você vai surtar. — Ela veio até mim e me sentou na cama.

— Não pense no que sua mãe vai achar disso. Nem no que seu pai vai dizer, ou no que a Bárbara vai falar. Se você quer fazer isso, diz respeito a você e apenas a você.

— Eu sci disso, mas só a ideia de ir até lá faz com que minhas mãos tremam.

Era verdade. Estiquei as mãos e elas estavam tremendo feito loucas. Sentia até falta de ar. Uma dificuldade de respirar só de imaginar a cena. Aquilo era algo que eu deveria superar sozinho, com minhas próprias pernas. Mas não significava que queria estar sozinho quando fosse até lá. Iria com certeza arrastar a Kaori comigo. E quando o computador apitou com o Ferreira me chamando, soube na hora que arrastaria ele também.

O problema era que, não importava o quanto eu soubesse que deveria fazer aquilo, tinha medo de não conseguir. E não adiantava nada chegar na casa do meu pai e começar a tremer e chorar. Passar vergonha na frente dele como quando eu era pequeno. Para ele olhar para mim e ver o quão patético eu continuava.

Meu coração começou a acelerar e eu me sentei na cama, escondendo o rosto com as mãos.

Kaori se sentou ao meu lado e passou o braço pelos meus ombros.

— Desculpa te pressionar. Eu sei que não é fácil.

— Não, você tá certa. Eu preciso ir lá de uma vez.

— Vamos amanhã. Aí chamamos o Ferreira também, e você vai com a comitiva toda.

Dei uma risada sem graça e a abracei.

Tinha mais algumas horas para me preparar.

29

Kaori acabou tendo que ir para casa estudar. Os pais dela estavam muito mais ansiosos que qualquer um de nós com a proximidade do vestibular e a mantinham em casa o máximo que podiam, com a cara enfiada nos livros.

Eu me sentia um pouco culpado, sabendo que devia fazer o mesmo. Já o Ferreira era o tipo de pessoa que decorava toda informação que chegava até ele, então não estava preocupado.

Ao contrário dele, eu iria mal se não começasse a me mexer. Apesar de não saber ainda o que faria, decidi estudar o básico. Passei o resto daquela noite usando cadernos e livros como desculpa para não pensar em meu pai.

Quando meus olhos já estavam ardendo, fui para a sala e me larguei no sofá. Minha mãe estava assistindo à novela, com os olhos vermelhos de quem havia chorado muito.

— Tá tudo bem com você? — perguntei.

Ela se aproximou de mim, me abraçou e continuou vendo TV. Ficou quieta por um tempo e eu só fiquei ali, aproveitando e me preocupando ao mesmo tempo.

Era muito fácil ver minha mãe no dia a dia, sorrindo, falando, cozinhando, lendo, vendo filmes, penteando o cabelo... Como se tudo fosse comum e corrente. Era fácil me esquecer de que ela estava doente. E de que ela estava se tratando e que deveria ser muito difícil.

A madrinha dela era superlegal, e chegamos a conversar só nós dois algumas vezes. Ela me dava dicas de como agir e falava sobre como minha mãe estava indo, seus progressos e dificuldades. Essas conversas me ajudavam a voltar para a realidade, fazendo-me lembrar de que tudo não estava *tão* bem assim.

— E a Anne? — perguntou minha mãe, assim que a novela acabou. — Ainda está com o tal namorado idiota?

— Tá sim. Ah, mãe, sei lá o que tá acontecendo com ela. Tá toda esquisita.

— Esquisita como? Parou de falar com você? — Ela fungou e secou os olhos na manga da camiseta.

— É — eu falei, e pensei por alguns segundos antes de continuar. — Mas às vezes acho que não foi por livre e espontânea vontade que ela parou de falar com a gente. Ou é só uma paranoia e fico achando que todos são agentes do mal.

Ela se ajeitou no sofá e fez uma expressão de desgosto.

— O que foi? — perguntei.

— Bem... — ela começou, me olhando. — É que, em se tratando de um namorado babaca, é bem possível que ele seja mesmo um agente do mal, como você diz.

— É, mas não é desculpa pra ela nem olhar mais na minha cara. Ela podia simplesmente se recusar a fazer as coisas que ele manda.

A expressão que minha mãe fez me deixou com medo de ser socado tão forte que voaria até a casa do vizinho, mas eu sabia que ela nunca faria nada disso. Em vez de medo, senti vergonha. Como pude ser tão cego por tanto tempo?

— As pessoas não são assim tão simples, Rafael. Pensa bem nas coisas que a Anne passou com o pai. — Minha mãe refletiu. — É comum mulheres que passaram por isso em casa acabarem com pessoas parecidas, entende?

Lembrei da outra vez que tínhamos tido aquela conversa, pouco tempo antes. Em como minha mãe havia soltado a bomba e fugido de mim, como se não quisesse falar do assunto. Agora não, ela estava estoica ao meu lado, sem demonstrar nada do que sentia pelo "babaca" que o meu pai tinha sido na vida dela.

— Era assim com você e o meu pai?

— Era — ela disse, com o olhar distante.

Parecia difícil falar aquelas coisas. Ela se manteve séria, com as mãos bem firmes no controle da televisão. Se tivessem me dito uns meses atrás que eu teria uma conversa como aquela com minha mãe, eu nunca teria acreditado.

— É difícil, Rafa. E as pessoas costumavam dizer coisas horríveis sobre mim, como se a culpa fosse toda minha. Como se eu tivesse algum controle sobre a situação. Coisas que você não deve saber para não sentir raiva da sua família. — Cada palavra parecia dolorosa para ela. — Querendo ou não, as pessoas não estão erradas. Elas não têm a obrigação de entender como funciona a cabeça de uma viciada. Elas não *precisam* saber o que passei nem entender tudo o que me levou ao primeiro copo de vodca.

— Não ser obrigado é diferente de agir de forma idiota.

— Mas as pessoas não percebem que estão sendo idiotas. É a gente que precisa conviver com isso e entender isso. Ou vai apenas sofrer. É a consequência do nosso erro. A justificativa não importa pra mais ninguém. Só pra gente. Só pra procurar a cura.

— A gente tá falando de você ou da Anne?

Minha mãe suspirou e abaixou o volume da TV.

— Tem diferença? Acho que você poderia pensar um pouco nisso. Ver o que está acontecendo por outra perspectiva porque, às vezes, a gente tá perto demais e não consegue enxergar a realidade. Eu sentia como se eu não valesse nada, e se seu pai não ficasse comigo... então ninguém mais ficaria. Não é fácil perceber isso de forma consciente e dizer um basta. Eu mesma nunca disse. Quando ele se foi, continuei vivendo no buraco que a ausência dele me deixou.

Ela puxou as cobertas sobre as pernas e trocou de canal até chegar a algo de que gostasse. Continuei olhando para ela, sem saber o que pensar. Refleti sobre o que ela disse, sobre as pessoas que a julgavam pelo vício, e pensei em mim mesmo, em como nem eu era capaz de aceitar o problema que eu tinha e pedir ajuda. Que tive de esperar até que Kaori percebesse para, finalmente, tentar mudar.

Será que era assim com a Anne?

Será que era muito fácil para a gente apenas dizer que ela estava sendo uma vaca sem ter ideia do que se passava de fato?

Até aquele momento eu achava um absurdo a Anne não enxergar quão estúpido o Michael era, e o quanto ela estava mudando para ficar com ele, mas talvez eu mesmo estivesse cego para o que realmente acontecia.

E se eu estava cego, como ela mesma enxergaria?

30

Acordei nervoso no domingo. Comi muito mais do que devia, até que minha mãe me deu um peteleco na cabeça e mandou eu parar de me empanturrar antes que vomitasse.

Era o dia de encarar meu pai, e, como eu era um grande bundão, chamei o Ferreira e a Kaori até minha casa antes que desistisse de vez.

Ferreira estava desatualizado, mas foi até lá e contei a história toda para ele, que não fazia ideia do tamanho do meu drama. Senti falta da Anne com a gente, e pensei em todos os impropérios que ela teria dito do meu pai.

Talvez eu devesse parar por uns instantes e pensar naquilo de forma racional, e não agir por puro impulso. Mas se eu não fosse até a casa dele naquele momento, poderia deixar escapar a oportunidade e nunca mais ir até lá. E como disse o Ferreira, era muito mais fácil eu me arrepender das coisas que não fazia do que das que fazia.

Acho que não me perdoaria se daqui a uns anos eu lembrasse que tive a oportunidade de ter uma irmã e não fui atrás. E caso tudo desse errado, pelo menos eu teria tentado.

Nós pegamos um ônibus que parecia daqueles de *tour* pela cidade, de tantas voltas que dava. Kaori e Ferreira conversavam, tranquilos, enquanto eu olhava pela janela, nervoso, segurando a mão dela no meu colo. De vez em quando ela o chamava de Rafa, despertando minha atenção.

— Rafa sou eu, Kaori. Ele é o Ferreira.

— Pela ordem em que conheci, Rafa Um — ela disse, apontando para o Ferreira — e Rafa Dois, não menos importante. — E apontou para mim.

Os dois riram de mim, e ela sorriu um daqueles sorrisos que conseguiam fazer eu me acalmar. E aí ela me deu um selinho na boca, timidamente. Ferreira só soltou uma interjeição de nojo, e os dois voltaram a falar sobre fosse lá o que estavam falando. Eu não conseguia prestar atenção na conversa sem sentir meu estômago embrulhar com a perspectiva de bater na porta da casa do meu pai.

— O que eu vou dizer quando chegar lá? — perguntei de repente.

Ferreira se virou para me olhar.

— Você vai dizer: oi, velho maldito, cadê a guria que a tua mulher pariu? Pois então, ela é minha irmã e foi largada na praia por duas horas. Agora vou denunciá-lo por abandono de menor na praia e você está ferrado.

— Ninguém vai denunciar ninguém por abandono.

— Tá, entendi. No fim das contas, você só quer conhecer a guria?

— É, cara. O que mais eu ia fazer lá? Tomar um chá da tarde e chamar a Bárbara de mãezinha?

— Ah, ficou magoado agora? Dó de você, Rafa.

Fiquei quieto. Era aquilo mesmo, eu só queria conhecer a menina. Nem tinha certeza de por quê. Só sabia que queria.

— Rafa, deixa de ser insuportável — Kaori falou. — E isso vale pros dois Rafaéis.

Voltei a olhar pela janela, e quanto mais perto da Praia Brava nós chegávamos, mais meu estômago se contorcia. Comecei a agradecer por todo sinal fechado e por cada parada que o ônibus dava. Mas, em pouco tempo, lá estávamos, descendo a avenida Carlos Drummond de Andrade. Minhas mãos suando e tremendo.

Desembarcamos. Kaori e Ferreira me olharam como se eu fosse desmaiar a qualquer momento.

— Serião, Rafa — Ferreira começou. — Você tá mudando de cor. É só uma menina de cinco anos. Não pode ser tão ruim assim.

— Não é da menina de cinco anos que tenho medo — respondi —, e sim da mulher assustadora que vem de brinde.

Kaori estalou a língua, começando a andar.

— Esqueça aquela mulher que você nem conhece direito, Rafa. Até porque, vamos combinar, né, o culpado mesmo é o seu pai. Vamos lá.

Os dois foram na frente enquanto eu tentava forçar meus pés para que se movessem. Por um momento achei que meus joelhos tinham desistido da vida, mas logo fui atrás deles. De onde eu estava, conseguia ver a casa. O telhado alaranjado e a grande árvore no quintal, cercados por um portão preto. Em breve eu teria de encarar o meu pai. A última vez que eu tinha tentado fazer isso não havia sido bom. Eu só gritei e xinguei e chorei, e no final não serviu de nada.

Eu esperava que daquela vez fosse melhor, mas não sabia se conseguiria perdoá-lo. Na verdade, essa nunca havia sido uma opção. Eu não estava ali por ele, e não acreditava que seria capaz de um dia esquecer tudo o que ele tinha causado a mim e a minha mãe. De qualquer maneira, ali estava eu, parado em frente a uma casa gigante em um bairro nobre da cidade, prestes a tocar a campainha, e não era para pedir pão velho.

Havia um carro estacionado na garagem. Havia brinquedos no pátio. Se eu ainda tivesse alguma dúvida de que tinha alguém em casa, foi dissipada com os sons que vinham lá de dentro. Eu não podia virar as costas. Não mais.

Não precisei temer pela coragem de tocar a campainha, já que o Ferreira fez o favor de tocar por mim. Quando percebi, quis sair correndo. Desaparecer atrás da primeira coisa que visse e me esconder. Fingir que tinha dez anos de idade e que me divertia em apertar campainhas e sair correndo. Mas não foi isso que fiz. Fiquei ali parado, esperando. Não sentia meu estômago ou minhas pernas.

Então a porta se abriu.

De dentro da casa, surgiu ele: meu maior medo.

O cara que me fez mijar nas calças na infância. Que fugiu de casa com a amante, partindo o coração da minha mãe, que se afundou no álcool. O homem que nunca me ligou ou procurou em três anos. Que não queria nada comigo e que sequer me considerava um filho. Assim como eu sequer o considerava um pai.

Ele estancou na porta e ficamos ali nos encarando. O homem não parecia entender o que estava acontecendo, e aqueles segundos pareceram séculos. O que eu deveria dizer? Oi? Olá? E aí, seu imbecil, eu te odeio? E daí começar a gritar mais uma vez?

Não precisei de nada disso. Ele falou primeiro.

— Rafa?

Ele nunca tinha me chamado de Rafa. Só de Rafael, isso quando se dirigia a mim como a um ser humano.

— Eu vi a Júlia ontem — eu disse, sem nem prestar atenção no que estava falando e indo direto ao assunto. Não estava preparado para jogar conversa fora. Só queria acabar com aquele silêncio constrangedor.

Ele torceu a cabeça como um cachorro e deu uma espiada em Kaori e Ferreira atrás de mim.

— Vocês querem entrar? — ele perguntou.

Será que ele tinha precisado de outra mulher e de dinheiro para aprender a ser civilizado?

Ferreira, Kaori e eu nos entreolhamos por um instante, e eles pareceram tão desconfortáveis com a ideia de entrar ali quanto eu.

— Não — respondi —, não vai precisar. Eu só vim aqui pra responder sua carta.

Ele finalmente se afastou do batente da porta e se aproximou. Aquele homem de quem eu tinha tentado manter distância máxima por anos. Engraçado como, naquele momento, ele dava a impressão de ter mais medo de mim do que eu dele. Foi se aproximando devagar, parecendo em dúvida se deveria vir até mim ou não, como um gato de rua.

— Eu quero conhecer minha irmã — falei, tentando evitar em vão que minha voz tremesse. — Mas não quero ter nada com você e a Bárbara.

Percebi que estava apertando os punhos com força e deixei minha mão relaxar. Agora que o pior havia passado, não parecia assim tão ruim ter ido ali. Meu pai assentiu com a cabeça, lentamente. Foi até o carro e pegou uma caneta e um bloco de papel. Escreveu algo nele e me entregou.

— Eu vou te dar o tempo que você precisar — ele disse —, e quando estiver pronto, é só ligar nesse número. Estamos aqui todo fim de semana.

Fiquei olhando o pedaço de papel sem coragem de olhar para o meu pai. Ele estava logo ali, e era o mais perto que eu chegava dele em muito tempo. Conseguia sentir sua respiração perto de mim. Afastei-me alguns passos, ganhando distância. Guardei o pedaço de papel no bolso do casaco e, naquele momento, um carro estacionou bem em frente à casa. Reconheci o Hyundai prata que buscara Júlia na praia. Bárbara saiu de dentro do carro como um furacão. Agarrou a menina que estava no banco de trás, batendo a porta com força.

— O que eles estão fazendo aqui? — Ela tinha uma expressão de ódio no rosto. A menina se desvencilhou da mãe e correu para o portão, esperando o pai abri-lo. Assim que ele o fez, ela desapareceu dentro da casa.

— Já estamos de saída. Nada com que se preocupar — eu disse, e, sem olhar para trás, agarrei Kaori e Ferreira pelos braços e saímos dali.

31

Fiquei calado por muito tempo enquanto andávamos em direção à praia. Kaori e Ferreira ficaram me olhando de relance, talvez esperando que eu surtasse e saísse correndo. Ainda levaria um tempo para eu me acostumar com aquilo, mas a primeira barreira já havia sido transposta. Quem sabe não teria sido melhor já ter dito para a menina quem eu era. Mas talvez eu não fosse o único que precisasse se preparar para aquilo. Eu tinha certeza de que meu pai estava receoso. Ver-me naquele surto de raiva, quando ele esteve lá em casa, possivelmente tenha tido esse efeito. De qualquer maneira, eu esperaria uma semana antes de fazer qualquer coisa. Deixaria a ideia assentar na minha cabeça, e no sábado seguinte talvez eu ligasse para ele e voltasse ali. Enquanto Kaori comentava que devia ser muito legal descobrir do nada que se tem uma irmã, Ferreira preferia dizer o quanto odiava crianças, como elas babavam, falavam errado e faziam perguntas inúteis o tempo todo.

Ficamos sentados na areia olhando o mar quebrar na praia até anoitecer. Kaori fazia montinhos de areia, e Ferreira ficou deitado no chão cantarolando uma música qualquer. Perto de nós, um grupo de idosos ria e conversava, acomodado em cadeiras de plástico. Não pude deixar de notar o teor da conversa e como riam de coisas simples. Lembranças de um tempo que há muito já havia passado. Como as coisas mudavam rápido, como o mundo se transformava e como as pessoas ficavam diferentes com o tempo. Amigos que partiam, filhos que morriam antes dos pais, coisas que entravam e saíam de moda. O sentimento de mudança em alguém mais velho devia ser algo difícil de engolir. Amigos para sempre que esqueciam um do outro no ano seguinte. O amor da vida que durava até o próximo verão. Ideias preestabelecidas que se transformavam completamente, distorcendo noções de realidade, de prazer, de certo e errado.

Naquela noite fiz algo que achei que nunca teria coragem de fazer. Eu me levantei da areia e fui até onde eles estavam. Eram cinco idosos que moravam numa casa de repouso. Pelo que entendi, depois de observar por alguns minutos, era o aniversário de oitenta anos de uma das senhoras presentes.

Ela se chamava Rosa e sorria de maneira singela e sem amarguras. Junto deles havia uma enfermeira que insistia para que voltassem para casa, mas o grupo dava de ombros, dizendo que preferia aproveitar o resto do tempo que tinha.

Um dos idosos, André, me emprestou uma cadeira e me sentei com eles.

— O que te aflige, querido? — um deles perguntou. — Por que alguém jovem como você procura a companhia de um bando de velhos?

Contei a história toda. Falei sobre meu pai, minha mãe alcoólatra, disse que às vezes pensava em deixar a escola para ajudar em casa com um trabalho, que eu não sabia de nada do meu futuro e que recentemente descobrira que tinha uma irmã de cinco anos.

"Own", as velhinhas fizeram enquanto eu revirava os olhos. Aparentemente o mundo inteiro gostava de menininhas de cinco anos, menos o Ferreira e eu.

— Mas e então? — Rosa perguntou. Eu achei que ela ia começar a falar sobre como eu era saudável e que deveria agradecer por ter comida na mesa e essas merdas todas, mas não. — Sua mãe está melhorando, você tem bons amigos que te acompanham nas suas aventuras. — Ela apontou para Kaori e Ferreira sentados na areia atrás de mim. — E descobriu que tem uma irmãzinha! É a sua chance de mostrar que as coisas podem ser diferentes. Quando eu tive minha primeira filha foi maravilhosa a ideia de tentar fazer daquele ser humano uma pessoa boa. Você sofreu com seu pai, mas quem sabe ele não mudou durante esses anos todos? Mesmo que você não esteja pronto para perdoá-lo, eu arriscaria dizer que a menina já está mais do que pronta para conhecer o irmão.

Ouvir aquilo fez com que eu me sentisse melhor. Não sei bem em que momento percebi que era tudo verdade e que a vida podia ser muito mais simples se vista pela perspectiva certa; que quanto mais rápido eu encarasse a vida de frente, mais depressa aquelas preocupações se tornariam coisa do passado.

Agradeço até hoje aquela pequena conversa com desconhecidos. Por ter tido a coragem de me levantar, ir até eles e me abrir. Interessante como conversar com amigos ou com a minha mãe não havia surtido o mesmo efeito. Talvez eles estivessem muito próximos a mim para poder me olhar sem ideias preconcebidas. De uma forma ou de outra, foi um dos grandes passos que dei para que tudo começasse a mudar e para curar minha mente e minha alma.

Estávamos conversando fazia meia hora quando a enfermeira finalmente convenceu o grupo a voltar para a casa. Despedimo-nos e nós três resolvemos voltar a pé. Uma longa caminhada pela Estrada da Rainha, uma rua no morro que ligava a Praia dos Amores e a praia central. De lá de cima tínhamos uma vista perfeita da cidade e do mar, que os turistas sempre visitavam, mas que nós mesmos, que morávamos ali, nunca nos dávamos ao trabalho de parar e observar.

Naquela noite, paramos e ficamos uns cinco minutos olhando a cidade lá embaixo, iluminada por milhares de luzinhas e carros. O barulho do tráfego e das buzinas subia até nós, lembrando que o mundo nunca parava de girar.

— Não dou a mínima pra isso. — O Ferreira se espreguiçou e voltou a andar. Nós fomos atrás — O mundo pode dar quantas voltas ele bem entender. Eu me recuso a fazer parte de um ciclo automático que só roda e roda e roda e não vai a lugar algum.

Kaori e eu rimos.

— Eu só quero um banho — ela disse, por fim. — O mundo pode girar à vontade, desde que eu possa chegar em casa e tomar um banho.

— Somos dois — Ferreira respondeu. — E um cachorro-quente. Eu quero que o mundo me dê um cachorro-quente.

— E eu só quero um copo de Nescau quente — respondi.

No final do dia, a vida era tão comum como podia ser. Agradeci por ter percebido aquilo antes que tudo acabasse. O mundo podia ser muito melhor sem que nada precisasse mudar, desde que eu mesmo o visse com outros olhos.

Segurei a mão da Kaori firme na minha, passei o braço pelo ombro do Ferreira e descemos o morro de volta para a cidade. Em algum lugar lá debaixo existiam vários de mim, quem sabe em situação ainda pior que a minha, e eu esperava que todos eles pudessem ver o mesmo que eu vi aquele dia. Que bastava você se levantar e acender a luz para que o medo do escuro passasse.

32

Quando chegamos à praça, do outro lado do morro, eram umas dez horas da noite.

Kaori não estava preocupada em voltar para casa, já que seus pais estavam fora. Ferreira e eu não dávamos muita bola para a hora de chegar em casa no domingo, então ficamos todos no parquinho, cada um sentado em um balanço e sentindo frio.

Achei engraçado como podia me sentir tão tranquilo depois de encontrar meu pai. Após tanto medo, nada havia acontecido. Nada demais mesmo.

De onde será que aquele receio todo tinha vindo? Das minhas memórias, dos meus traumas? Ou será que eu possuía algum gene de covardia que me impedia de correr atrás das coisas mais simples?

Ficamos ali uns minutos, brincando de quem conseguia ir mais alto no balanço, até que o Ferreira quase caiu e chegamos à conclusão de que estávamos velhos demais para quebrar a perna dessa forma.

Começamos a conversar sobre a escola e logo o nome da Anne surgiu no assunto. Ferreira e eu nos entreolhamos. A Anne que conhecíamos àquela altura não era a Anne de três meses antes, e isso estava muito claro para nós dois.

— Não consigo entender como ela não vê o quão estúpido aquele cara é — disse Ferreira, chutando um coquinho para longe.

— Talvez não seja assim tão fácil, Ferreira — respondeu Kaori, finalmente usando o nome certo para se referir a ele.

— Claro que é fácil — ele disse. — Alguém te trata mal e você vai embora. Simples assim.

— Você realmente acha que ela fica com ele porque gosta de sofrer? — perguntou Kaori, indignada.

Fiquei quieto, só ouvindo a conversa e relembrando o que minha mãe tinha dito sobre aquilo.

— Fácil é *você* dizer isso — disse Kaori, com o dedo na cara dele. — Agora vai lá, viver a vida dela, apanhar do pai. Quero ver só.

— Minha vida na minha casa também é uma bosta e nem por isso eu fico com gente que me trata feito lixo — ele se defendeu.

Kaori começou a bater palmas.

— Nossa, parabéns, toma aqui seu prêmio de pessoa que lida bem com problemas. Nem todo mundo é como você.

Ferreira me olhou, como quem procurava ajuda.

— Nem olhe pra mim — eu disse. — Acho que concordo com a Kaori.

— Concorda? — Agora era ele quem parecia indignado. — Cara, a Anne te viu levar um soco na cara e não fez nada! E lembra como ela riu na pracinha quando os outros caras tavam te zoando?

É claro que eu lembrava. Lembrava até doer. Mas eu também lembrava do Michael a agarrando pelo braço, de ela deixar de fazer as coisas por ordem dele, do cara claramente ler tudo que ela recebia no celular, do medo que a Anne parecia ter de que eu falasse com ela, como se o ciúme do Michael a machucasse diretamente. E, além de tudo, da forma que ele a tinha tratado só por ela ter cortado o cabelo.

— Não tem lógica — Ferreira repetiu.

— Já parou pra pensar o porquê disso, ao invés de só julgar a guria? — Kaori perguntou.

— Porque ela é uma otária.

— Vocês dois são decepcionantes. Amigos dela por anos e aí, no primeiro problema, a largam de lado, a rotulam de otária e acabou?

— Ela que virou as costas pra nós primeiro.

Kaori voltou a se sentar, como se desistisse do debate.

— Bom, acho que não é da nossa conta julgar, quando é tão óbvio que ela não tá bem com aquele cara.

— Até onde eu sei, o Rafa tentou falar com ela — Ferreira retrucou. — Ela não parece tão ansiosa assim por ser ajudada.

— Ah, okay, então a gente só desiste, não é mesmo — Kaori debochou.

Ferreira estalou a língua. Estava bem claro por sua atitude que ele não concordava. Eu também não concordaria, não fosse pela minha mãe e o que ela tinha me contado. Não fosse pelas coisas que eu ouvia por aí sobre pessoas que, como eu, se cortavam. Os outros adoram julgar sem enxergar além. Era parecido, não era? Meu medo de ser rejeitado, o anseio da Anne de ser aceita? Se minha relação com o meu pai tinha definido tanta coisa da minha personalidade, por que a relação dela com o pai não teria tido o mesmo efeito, apesar de ela tentar disfarçar?

— Vamos embora daqui — Ferreira se espreguiçou e foi até a calçada. — Vocês me deprimiram falando da Anne.

Eu ia responder, mas a Kaori me cutucou.

— Deixa ele — ela cochichou.

E eu deixei.

33

Depois que o Ferreira sumiu na esquina, Kaori e eu fomos até a casa dela. Andamos agarrados e de cabeça baixa para escapar do frio absurdo que fazia. Emprestei minha touca para ela e não consegui evitar uma risada – estava parecendo um duende. Perguntei se não tinha problema irmos até lá, já que eu não conhecia ainda os pais dela. Ela balançou a cabeça e disse que eles voltariam só de madrugada da confraternização da empresa.

Era a primeira vez que eu ia lá, naquele condomínio de dez andares, parede roxa e quintal bem-cuidado. Ela morava no quinto andar, e o elevador do prédio dava medo com o barulho estranho que fazia. Entramos pela sala e não pude deixar de notar as caixas empilhadas em um canto.

— Às vezes eles não se dão nem ao trabalho de desembalar as coisas — disse Kaori, reparando meu olhar. — Isso está aí desde a última mudança.

Agradeci por finalmente sair do frio e tirei as luvas. Abri e fechei as mãos, voltando a sentir meus dedos dormentes. Sentamo-nos no sofá da sala, o único móvel ali além da televisão. Ela me contou que eles nunca usavam o aposento e que não viam necessidade de ter nada além do básico no apartamento. Kaori discordava, mas, ao que parecia, não tinha idade para tomar decisões em casa. Se seus pais não queriam nada na sala, eles continuariam sem nada. "Se você quer decorar uma sala, poderá fazer isso quando morar na sua própria casa", ela disse, imitando a voz do pai.

Fomos para a cozinha beber algo quente. O resto da casa era tão semimobiliado quanto a sala. Nenhum objeto de decoração, só o mínimo necessário. Um micro-ondas e um forno elétrico. Nem fogão tinha ali. Uma prateleira comportando três copos, três pratos, três talheres de cada e algumas vasilhas.

— A gente come comida de fora — ela falou, capturando meu olhar mais uma vez. — Minha mãe paga mensalmente pra entregarem comida aqui. Só temos a geladeira porque veio inclusa no aluguel, ou seria só um frigobar, como na nossa última casa.

Ela disse isso com amargura. Percebi que eu sabia menos sobre ela do que pensava. A família da Kaori podia não ser tão fodida quanto a minha, mas tinha problemas que ela não deixava transparecer. Os pais dela eram rígidos, isso eu sabia. Exigiam notas altas na escola, organização e um tipo de postura que não condizia nem com a personalidade nem com a idade dela. Kaori tinha desejo de liberdade e independência, e percebi que sua timidez vinha do tanto que ela se reprimia para alcançar os padrões exigidos pelos pais.

Isso ficou mais claro ainda quando entramos no quarto dela. Era o oposto do resto da casa. Era como se tudo o que faltava de mobília nos outros cômodos tivesse se alojado naquele espaço. Bichinhos de pelúcia espalhados. Um pufe em um canto e uma poltrona em outro. Uma estante cheia de bonecos, livros, material escolar e roupas. Um leque enorme pendurado sobre a cabeceira da cama e um mural repleto de fotografias, desenhos e rabiscos. Reconheci uma versão mais nova do Ferreira abraçado a ela em uma das fotos. Na escrivaninha bagunçada, um notebook roxo cheio de adesivos de caveiras e um boneco do Link, de *Zelda*, sobre uma pilha de livros e quadrinhos.

Fiquei deitado na cama dela ouvindo Noah and the Whale enquanto ela tomava banho. Acabei cochilando. Fui acordar com uma japonesa de cabelos molhados e camisola em cima de mim. Ela tremia de frio, sorrindo com a boca pequena e agarrando minhas mãos.

Eu a virei na cama e puxei o cobertor, jogando-o sobre nós dois. Rimos no escuro, sem conseguir enxergar um ao outro, entrelaçando nossas pernas enquanto eu tentava esquentá-la. Esfreguei seus braços gelados e a beijei. Ela tremia embaixo de mim, e não pude deixar de notar o quão frágil ela parecia, tão pequena. Dei-me conta do quanto eu gostava dela. O frio no meu estômago aumentando enquanto eu tomava consciência daquilo.

— Eu gosto de você mais do que de chocolate — eu disse pra ela, e Kaori apenas riu, enterrando o rosto no meu ombro.

Ela passeou as mãos por baixo do meu casaco antes de tirá-lo e jogá-lo para fora da cama. Minhas mãos fizeram o mesmo por baixo do tecido fino da camisola. Senti sua pele macia, beijei seu pescoço e segurei os seios pequenos em meus dedos.

A gente tirou a roupa, peça por peça, aos poucos descobrindo partes de nosso corpo que nem nós mesmos conhecíamos. Ela me guiava com a mão e eu fiz o mesmo, desvendando segredos um do outro e o que gostávamos ou não, prestando atenção a cada gesto ou murmúrio. Eu tremia, não de frio, mas de medo de fazer algo errado. De puro nervosismo do que poderia acontecer se continuássemos.

Estaria mentindo se dissesse que eu não queria aquilo, mas estava terrivelmente nervoso. Se não fosse a Kaori, eu teria saído correndo. A gente sempre ouve histórias de como o cara deve tranquilizar a garota na hora de transar pela primeira vez, mas com a gente foi o contrário. Ela ficou me beijando no pescoço, dizendo coisas no meu ouvido. Fui relaxando. Foi ela quem pegou a camisinha na mesa de cabeceira, a abriu e a colocou em mim.

Movemo-nos de forma desajeitada. Ela me apertava com as pernas e segurava meus braços com tanta força que doía. Nós nos abraçamos sem saber direito o que fazer, mas sem sentir vergonha por isso. Nossas peles suadas debaixo de camadas de cobertor. Os seios dela roçavam no meu peito enquanto ela deixava escapar gemidos. Aquilo me tirava completamente do sério.

Eu a apertei com força, tentando ficar o mais próximo possível dela, como se pudéssemos virar um só e ficar ali para sempre, e aqueles foram os melhores momentos de minha vida até então.

Quando tudo acabou, ficamos deitados na cama, nos olhando nos olhos, constrangidos e sem conseguir tirar o sorriso besta do rosto. Ficamos abraçados por uma hora inteira sem precisar trocar uma única palavra, só sentindo um ao outro, nossa respiração e as batidas de nosso coração sincronizadas.

Dormi abraçado a ela, descobrindo que as histórias sobre dormir de conchinha eram verdadeiras. Era a melhor parte de tudo aquilo.

34

Acordei de madrugada com a Kaori se vestindo no escuro e sacudindo meu ombro. Levei alguns segundos para perceber onde estava e me lembrar do que havia acontecido. E aí lembrei que estava na casa da Kaori e que àquela altura os pais dela já deviam ter voltado. Levantei da cama com um susto, procurando meu celular no chão para iluminar o quarto.

Ela me beijou, segurando uma risada para não fazer barulho.

— Você tem que ir embora — ela cochichou —, meus pais vão nos matar se nos virem aqui.

Vesti-me o mais silenciosamente que pude. Saímos do quarto pé ante pé, rezando para que nenhum deles se levantasse para ir ao banheiro ou coisa parecida. Ela me levou até o elevador e desceu comigo na recepção. Já na rua, senti o choque térmico do frio da madrugada. Eram cinco horas da manhã e estava tudo escuro. Olhei para os pés descalços dela e assim que Kaori abriu o portão, mandei que voltasse para dentro, dando-lhe um beijo rápido na boca.

— Você vai ficar doente, sua louca.

— Vou não — ela respondeu, me abraçando mais uma vez.

Ela trancou o portão, agarrando o molho de chaves para que não tilintasse, e voltou para dentro correndo, dando tchau e mandando beijo antes de fechar a porta.

Coloquei as luvas e a touca, fechei bem meu casaco e comecei a andar o mais depressa possível. Não tinha ônibus naquele horário, e dali até minha casa seria meia hora de caminhada cruel e gélida. A lembrança da noite esquentava meu sangue, mas não o suficiente para eu não querer me enfiar logo debaixo das cobertas.

O vapor saía de minha boca em nuvens brancas e tentei apertar o passo, desejando que ainda pudesse dormir um pouco antes de ir para a escola. Nunca quis tanto acordar e descobrir que estava no Dia da Marmota e que era domingo de novo.

Quando cheguei em casa, mal conseguia sentir meu nariz, congelado com o frio. Minha touca estava até úmida do sereno. Enfiei-me debaixo das cobertas de roupa e tudo, com pouco tempo para dormir antes de o meu celular tocar e mais uma semana horrorosa de aula começar.

Acabei não ouvindo o despertador. Só fui me levantar quando minha mãe bateu na porta do quarto gritando que eu estava atrasado. Ela foi entrando e abriu as cortinas, fazendo a claridade machucar meus olhos.

— Mãe! — eu reclamei.

Ela não se importou.

— Isso não aconteceria se você não ficasse até tarde na rua — ela disse, com as mãos na cintura.

Criei coragem para sair de debaixo das cobertas. Quando ela me viu com as mesmas roupas do dia anterior, mandou que eu tomasse banho imediatamente.

Segui para o banheiro tremendo de frio e depois do banho corri até a escola, tentando chegar o menos atrasado possível.

Kaori mandou mensagem perguntando onde eu estava, e só de ver o nome dela no celular meu estômago despencou dez metros. Eu sorria feito bobo.

Cheguei e a aula já tinha começado. Sentei-me na cadeira, de cabeça baixa, e já fui rasgando um pedaço de papel para mandar um bilhete para Kaori, sentada ao meu lado. Se eu já não sabia como agir depois de a gente ter ficado, agora eu estava completamente desorientado. Tentei apenas fingir que sabia o que estava fazendo. Ela me deu um sorriso. Parecia menos envergonhada que eu.

Depois de algumas trocas de bilhetes, reparei na Anne, do outro lado da sala. Ela nem olhou em minha direção. Senti o celular tremendo no bolso e o peguei escondido da professora. Era do grupo que Ferreira, Kaori, Anne e eu tínhamos criado para o baile de primavera da escola. Estava abandonado desde então.

Ferreira: Meu pé tá doendo pra cacete de tanto andar.

Rafles: Tá virando coveiro pra desenterrar esse grupo?

Ferreira: Mas coveiro enterra ou desenterra?

Rafles: Acho que desenterra se precisar desenterrar.

Kaori: A professora já tá de olho em você de novo, Rafa.

Ferreira: O professor aqui da minha escola faltou. Tô quase dormindo.

Reparei na Anne pegando o celular e fiquei olhando para a tela, esperando uma resposta.

Ann S2 saiu do grupo

Kaori olhou para mim, com o olhar preocupado. Depois olhamos os dois para ela, mas Anne não parou de olhar para o quadro.

Ferreira: Viu só? O que eu falei? Não vale a pena.

Kaori: Rafa, você que conhece ela há mais tempo, tenta falar com ela.

Ferreira: Tenta não, Rafa.

Kaori: Cala a boca, cara.

Rafles: Já tentei falar com ela, ela não ouve e não responde. Ela me deu um tapa na cara.

Kaori: Mas você pediu também. Tenta de novo. De forma, sabe, educada.

Ferreira: Ah, cara. Sei não. Você tá só fazendo papel de trouxa correndo atrás dela.

Kaori: Não quer ajudar, não atrapalha.

Esforcei-me para entender a matéria que era passada na aula, mas minha cabeça estava a mil. Tinha a Kaori e tudo o que havia rolado. Tinha a Anne, que de repente não queria mais nem receber mensagens nossas. Fui copiando tudo no meu caderno de forma automatizada. Ter a Kaori do meu lado me tranquilizava, mas cada coisa que a Anne fazia me deixava mais e mais encucado.

Mas se a última semana havia me ensinado alguma coisa, tinha sido a parar de ter tanto medo de tudo e simplesmente fazer o que deveria ser feito.

E foi isso que decidi fazer.

35

Dediquei o resto da semana a tentar me reaproximar da Anne. A primeira coisa que fiz foi escrever uma carta. Não queria mandar nada pelas redes sociais, com medo de o Michael ver.

Naquele dia fiquei um tempão na internet pesquisando sobre relacionamentos abusivos. Tudo o que eu lia me lembrava o que ela passava com o pai, e me culpei por nunca ter percebido a verdadeira dimensão do que aquilo devia significar para ela. Hematomas de surras sumiam, mas o abuso psicológico, a culpa que ele jogava sobre ela, isso não iria cicatrizar. Não tão cedo, não tão fácil.

Será que era isso o que a mantinha distante de nós e perto do Michael? O sentimento de culpa? Será que era por isso que Anne se recusava a ir embora da casa do pai? Parece tudo tão óbvio quando penso nessa perspectiva, mas eu não sabia de nada da vida. Não sabia nada sobre o que era crescer, lidar e encarar meus medos. Estava apenas no começo daquela caminhada, em busca do que era ser adulto.

Não me recordo perfeitamente do conteúdo daquela carta, mas era longa. Falei da nossa infância, da nossa amizade, das nossas chaves, dos nossos planos para o futuro. Desculpei-me por tudo que eu pudesse ter feito, pela minha paixonite, e disse que eu nunca quis fazê-la se sentir obrigada a gostar de mim como eu tinha gostado dela.

Comentei que nada daquilo importava e que tudo o que eu queria era ter a amizade dela outra vez. Que pudéssemos ver filmes ruins na TV, rir de coisas sem sentido na rua, trocar gifs no Tumblr, falar mal da vida no Twitter.

Aquilo que costumava ser normal para nós.

Lamentei que tudo tivesse acabado, e admiti que, em parte, era minha culpa.

Falei também que não, não gostava do Michael. Mas não por ciúme, e não por questões de gosto pessoal ou qualquer coisa. Que, na verdade, não gostava dele por causa da forma como ele a tratava. Que ela merecia muito mais que aquilo. Que ela não devia se sentir obrigada a ficar com ele. Que uma pessoa controladora assim não podia amar alguém de verdade.

Que não importava o que acontecesse, estaríamos lá para ajudá-la.

Deixei a carta na mesa dela, do mesmo jeito que tinha feito dias atrás com o bilhete. Dessa vez, escrevi um "por favor, não jogue fora antes de ler" no envelope.

Naquela mesma semana, Ferreira contou que a viu no shopping. Ela estava com Michael, sentada na praça de alimentação, e ele gritava com ela por um pedido errado no restaurante. Indignada, Kaori disse que Ferreira devia ter feito algo, mas ele se defendeu, dizendo que tinha ficado com medo de piorar a situação. O que eu teria feito? Não sei se poderia apenas ficar observando.

Foi na sexta-feira que Anne respondeu a carta.

Ela foi até mim na hora do lanche. Eu estava sozinho perto da quadra de futebol enquanto Kaori comprava algo na lanchonete. Tentei agir com naturalidade.

— E aí, Anne?

Ela não respondeu. Ficou de pé na minha frente e ajeitou o cadarço do tênis, mas parecia estar enrolando para ganhar tempo.

— Eu li sua carta — ela disse então, finalmente se sentando ao meu lado.

— Deu algum problema? — perguntei, sem pensar muito.

— Por que teria dado algum problema?

Ela me olhava séria, sem resquícios do sorriso sarcástico que costumava manter no canto dos lábios.

— Sei lá — eu disse, tentando me recuperar do péssimo começo de conversa. Nem parecia que nos conhecíamos desde bebês. — Tive a impressão de que o Michael monitorava suas redes sociais. Pensei que talvez pudesse ter lido a carta e implicado com isso.

Ela forçou uma risada curta, sem sorrir e torcendo a boca. Balançou a cabeça antes de responder:

— Ele não monitora nada. Só está sendo protetor.

Eu juro que fiquei com vontade de tacar um balde de água nela para ver se ela acordava. Mas fiquei ali, firme, não deixando transparecer o quão ridícula eu achava aquela situação. Pensei na minha mãe e em tudo que eu tinha pesquisado, lembrando que era normal aquele tipo de pensamento em relações como a dela.

— Como assim, não monitora? Ele claramente lê suas coisas.

Ela virou para o lado e ficou observando duas garotas que jogavam bola.

— E qual seria o problema disso? — ela perguntou, sem se voltar para mim.

— Ele não tá *sendo protetor* porque se preocupa com você. Tá sendo protetor porque te trata como propriedade.

As mãos dela, em cima do banco de cimento, se fecharam com força. Ela se levantou. Kaori voltava da lanchonete, e Anne a olhou atentamente enquanto se aproximava.

— A gente já conversou sobre isso — ela disse.

— Não. Você disse o que tinha a dizer, e eu ainda não disse tudo o que tenho pra falar.

— A carta não foi suficiente?

— Uma carta nunca vai ser suficiente pra dizer o quanto eu me preocupo com você.

— Bem, agora não vai mais ser um problema, né? — disse ela ao ver Kaori, que se aproximava. — Agora você tem outras coisas pra se preocupar. Pode brincar de casinha com a Kaori à vontade e esquecer que eu existo. Pensar em si mesmo é uma das coisas que você sabe fazer muito bem.

Eu suspirei e fiquei de pé ao lado dela, sem me abalar.

— Convivi com você por dezessete anos. Seu sarcasmo não funciona comigo.

— Você é um idiota, sabia? Tudo isso que você tá fazendo vai acabar destruindo meu namoro.

— É a intenção, caso você não tenha percebido.

Ela balançou a cabeça. Os lábios contraídos tremiam, e eu não sabia se era de raiva ou vontade de chorar.

— Você não passa de um egoísta estúpido.

— Sério? É assim que as coisas vão ser daqui pra frente? Eu juro que tentei te ajudar. Mas, se prefere sofrer, vá, divirta-se, fica com quem você bem entender.

Arrependi-me de ter falado mais do que devia, mas estava com tanta raiva naquela hora que nem conseguia pensar direito.

Anne se aproximou de mim com o rosto vermelho, me agarrou pela gola do casaco e falou bem na minha cara:

— Escuta aqui, Rafael. Vê se some da minha vida.

Ela me empurrou e eu cambaleei para trás.

Minha paciência era grande, mas não infinita.

— Fácil falar isso agora. Quero ver dizer isso quando perceber o que esse bosta tá fazendo contigo. Você não é a Anne que eu conheci.

— Ótimo.

E, dizendo aquilo, ela saiu dali, nos deixando sozinhos.

Kaori ficou boquiaberta.

Naquele momento, tudo pareceu perdido. Eu tremia de nervosismo, de raiva, de frustração. Senti-me sem esperança de fazer tudo voltar ao normal. Só torcia, com toda força, para que as coisas não piorassem ainda mais para a Anne, e que ela pudesse acordar o mais rápido possível daquele pesadelo.

36

No fim de semana, nos reunimos na casa do Ferreira. Nossa intenção era estudar Química com ele, mas, no fim das contas, não fizemos nada além de jogar video game e comer pizza.

O bom daqueles momentos jogando e comendo era que tínhamos pouco tempo para falar, dando uma brecha de todos os assuntos sobre os quais não queríamos conversar. Vestibular, Anne, alcoolismo, Júlia, meu pai, notas baixas e aquela banda que era legal e lançou um disco horroroso.

A gente podia ficar ali, largados no sofá e no tapete felpudo, fazendo malabarismo para não sujar os móveis com molho de tomate e refrigerante, enquanto apertávamos os botões loucamente para matar uns aos outros.

Acho que nossos pais não entendiam aquilo. De que iria adiantar ficar com a cara num livro o dia inteiro depois da aula e nos fins de semana se a gente não podia descansar a mente nem por um segundo? Eu me sentia muito mais relaxado dessa forma, mais preparado para aguentar outra longa semana chata na escola. Uma das últimas semanas antes de encarar o vestibular e a vida de pseudoadulto na universidade.

Eu só queria aproveitar aqueles instantes o máximo que podia, já que sequer sabíamos direito para onde estávamos nos encaminhando.

Quais seriam minhas preocupações no próximo ano? Achar um lugar para morar, pagar contas, fazer almoço? A vida era tão mais simples naquele momento. Eu não estava com pressa de complicar as coisas e de ter ainda mais responsabilidades que antes. Fazia tempo que eu não conseguia relaxar tanto, sabendo que minha mãe estava bem e que eu mesmo, talvez, ficaria bem também.

Quando os pais do Ferreira chegaram, decidimos sair de casa. Era quase noite, mas andamos até a praia e nos sentamos num dos bancos sujos de areia, bem perto uns dos outros para que coubéssemos. O bom era que aquilo espantava o frio.

O mar estava calmo e as marolas se moviam lentamente até a areia. Assim que quebravam, as ondas emitiam um brilho fluorescente, de cor turquesa, pela superfície da água.

Eu ignorei aquilo da primeira vez, achando ser apenas o reflexo da luz de algum prédio, ou carro, mas lá pela quarta ou quinta onda, Kaori se levantou e foi até mais perto da água.

Era um brilho artificial. Muito luminoso. Muito forte, colorido e vibrante. Não podia ser natural. Era o que minha mente dizia ao ver o fenômeno se repetir de novo e de novo nas ondas que se quebravam.

Foi meio mágico. Aquele silêncio típico do inverno na cidade, o barulho do mar, a maresia na cara, o cheiro de sal e aquele brilho que iluminava apenas quando as ondas quebravam na areia.

Ferreira foi o primeiro a dizer alguma coisa:

— Que porcaria é essa?

Eu conferi mais uma vez, tentando enxergar alguma luz estranha vinda de algum lugar em volta. Não havia nada, estava tudo escuro, mas minha mente insistia em achar que devia ser apenas o reflexo de algo.

Kaori voltou até nós, com a cara grudada no celular.

— É bioluminescência — ela disse, lendo algo na tela. — São fitoplânctons.

Eu fiquei um pouco decepcionado. Não que não fosse maravilhoso de se ver, mas especular sobre o mistério era muito mais divertido que saber a resposta. Assim como pensar que pudessem ser alienígenas. Saber a verdade tirou um pouco da magia de observar aquela água que parecia infestada de vaga-lumes.

— É tipo na boate, quando a gente se pinta com aquelas paradas neon — disse Ferreira, tentando tirar uma foto com o celular, sem sucesso.

— Parece que tem uma nave espacial dentro da água — respondi.

— Parece fitoplâncton — retrucou Kaori, e nós dois reviramos os olhos para ela.

— Você é tão sem graça que devia ser devolvida para a loja de onde te tiraram — reclamou Ferreira, se levantando, insistindo em tirar uma foto que prestasse.

— Ele tem toda razão — afirmei. — Você *tinha* que estragar nossa imaginação?

— Ué, eu acho muito mais legal agora. Saber que existe uma plantinha tão minúscula que a gente não pode nem ver, só quando elas brilham desse jeito. Pensa em quantos quinquilhões de bichinhos tão aí, só nessa onda de agora, que a gente não pode nem enxergar. — Ela apontou para a água.

— Prefiro pensar em ETS. — E dei de ombros. Bichinhos pequenos e brilhantes não me interessavam na época.

Eu não conseguia entender muito bem o motivo de ela estar mais maravilhada com a ciência do que com nossas fantasias sobre o fenômeno. Posso estar viajando, mas era como se estivéssemos permanentemente numa busca impossível pela verdade.

Naquele momento, porém, sobre aquelas coisinhas pequenas e quase invisíveis, a verdade era possível de ser desvendada. Não era nada complicado: nem o futuro, nem as escolhas, família, amigos, aceitação, maturidade.

Mas ali era a reação química de pequenos seres vivos que produzem um pigmento que reage com oxigênio para gerar luz. Nenhum mistério envolvido, nada para se pensar durante o banho, nada que faria alguém perder o sono na hora de dormir. E aquilo maravilhava Kaori pela mágica que podia existir em coisas tão pequenas e simples.

A vida não era pequena e simples.

Ficamos quietos e não saímos da praia por várias horas, como se estivéssemos presos em um pequeno instante de simplicidade, num mundo complexo demais para que pudéssemos entendê-lo.

37

Eram três horas da manhã quando fui para casa. Eu estava com as mãos enterradas nos bolsos, xingando mentalmente a primavera que não trazia nem um pouco de calor.

Segui andando distraído pela rua, brincando com o vapor que saía da minha boca, escondida com o cachecol que peguei emprestado do Ferreira. Era uma caminhada longa até a minha casa, e eu estava entretido com meus pensamentos. Ao pegar minhas chaves na mochila, quase não notei a figura sentada na calçada.

— Anne?

Anne estava agachada contra o muro, abraçando o próprio corpo para aliviar o frio. Usava apenas uma calça jeans, cachecol e uma blusa de manga comprida.

Ela se levantou quando a chamei; estava com a maquiagem dos olhos completamente borrada e uma mancha suspeita na bochecha.

A verdade é que eu não me sensibilizei muito com aquilo. Não sei o que aconteceu naquele momento. Acho que toda a raiva por tentar, tentar e tentar me reaproximar dela e não conseguir alcançá-la acabou vindo à tona. Todos os sentimentos e lembranças das coisas que ela fizera e que foram como um tapa na minha cara.

Fiquei até irritado por vê-la ali. A barra da calça estava imunda, o cabelo bagunçado por dentro do cachecol enrolado em volta do pescoço. Os olhos pretos de lápis borrados, como se tivesse chorado por horas. Ela só ficou me olhando como quem tem receio de falar alguma coisa, parecendo acuada.

— O que você tá fazendo aqui? — perguntei, seco. O Rafael que mandava cartinhas tinha desaparecido.

Ela vacilou um pouco antes de responder um "eu não sabia mais pra onde ir".

Fiquei olhando para a cara dela, apenas pensando em tudo que aconteceu da última vez que estivemos juntos naquela calçada. Na chave jogada fora, nas piadas, nos anos de amizade a troco de nada. Eu devia ter sido mais sensível. Devia ter lembrado do que prometi a mim mesmo sobre tratá-la bem. Mas não fiz nada disso.

— E aí você resolveu vir na casa de um otário egoísta e que não merece sua amizade a ponto de ser facilmente substituído por um babaca que surgiu do nada e lê suas mensagens?

— Rafa...

— Rafa o cacete, Anne.

Ela quase começou a chorar, mas esfregou o rosto e continuou parada ali me olhando, pateticamente.

— Onde você tava? — ela perguntou.

— Não te interessa onde eu tava. O que *você* tá fazendo aqui?

— Já disse que não tinha mais pra onde ir.

— A decisão de jogar fora a cópia da chave foi sua e só sua. E você jogou mais do que só uma chave no lixo. Jogou fora nossa confiança e eu não sei quando vou estar preparado pra olhar pra sua cara de novo sem pensar nisso.

— Você tinha dito que… — ela vacilou, com a voz entrecortada. — Que eu poderia vir aqui…

Não respondi.

A memória do primeiro bilhete que deixei na mesa dela estava no fundo da minha mente, mas não foi suficiente para me sensibilizar. Eu fui mesmo um idiota.

Ela só assentiu, baixou a cabeça e saiu andando na direção oposta. Eu senti pena dela, mas lá dentro de mim não conseguia perdoá-la por ter me xingando pelas costas para depois vir correndo quando precisou de mim.

Eu queria uma amiga que viesse em meu auxílio quando me visse levando um soco no nariz. Uma amiga que não risse com estranhos quando zombassem de mim. Uma amiga que entendesse meus sentimentos por ela ao invés de achar aquilo digno de pena e engraçado o bastante para fofocar por aí. Alguém que não me dispensasse só porque outro cara pediu.

Eu não sabia o que ela estava fazendo na frente da minha casa às três e meia da manhã, mas não queria saber e estava pouco me lixando que ela estivera chorando antes de eu chegar. Eu não precisava agir como o backup dela, não depois de ser tão facilmente esquecido por muito menos.

Entrei em casa e fui direto para a cama, na tentativa de dormir e tirar Anne da minha cabeça. Enquanto eu tentava, em vão, pegar no sono, não conseguia esquecer a imagem dela chorando e me perguntava se o hematoma em seu rosto havia sido só mais um tapa do pai ou se o relacionamento conturbado com Michael tinha evoluído para o comportamento que eu tanto temia.

E, ao pensar naquilo, tudo foi voltando. Não os momentos ruins que tive com ela, não a decepção. Mas o medo de que algo lhe acontecesse, o receio de o namorado ser pior do que achávamos. Tudo o que minha mãe havia dito e tudo o que eu tinha lido.

Eu me senti um lixo. Como podia tê-la tratado daquele jeito? Ainda mais sabendo que as coisas não eram fáceis e que ela estava passando por um momento horrível.

Anne não tinha me abandonado. Eu é que a havia abandonado quando soube que ela não gostava de mim como eu dela. Eu é que a tinha deixado de lado quando ela começou a sair com outro cara que não era eu. Eu é que não tinha prestado atenção suficiente na minha amiga para ver que ela não estava bem e precisava de ajuda.

Foi aí que me levantei da cama.

Peguei um casaco extra no armário, roubei lenços umedecidos da minha mãe e saí para a rua de novo. Ela não estaria na casa dela e, pelo jeito, não estaria com o Michael. Andei pelas ruas em volta da minha casa, perscrutando cada canto onde ela pudesse ter se enfiado. Encontrei-a na Terceira Avenida deitada em um ponto de ônibus. Os braços em volta do corpo numa tentativa claramente inútil de se manter aquecida.

Ela parecia estar dormindo. A cara enfiada entre os braços. O corpo inteiro tremendo de frio. Peguei o casaco extra da minha mochila e o coloquei sobre ela, me sentando no banco e erguendo-lhe a cabeça para pô-la em meu colo.

Respirei fundo ao reparar em como parecia abatida. Peguei o saquinho de lenços e comecei a limpar seu rosto. Ela só se levantou quando eu já estava no terceiro lenço, se afastando de mim com receio, me encarando com olhos enormes.

— Calma, sou só eu.

Ela suspirou e vestiu o casaco, soprando as mãos para esquentá-las. Pegou alguns lenços e esfregou-os no rosto, tirando o resto de maquiagem preta.

— Onde tão suas coisas?

Anne balançou a cabeça e ficou encarando as unhas por um tempo. Descascou o esmalte e soluçou.

— Esqueci de pegar minha bolsa e não quis voltar lá pra buscar.

— Lá onde?

Tive que repetir a pergunta duas vezes antes de ela responder. E aí Anne me contou algo que me fez sentir raiva como nunca tinha sentido.

— Eu tinha ido na casa do Michael ontem à tarde e a gente tinha combinado de eu dormir lá. Eu só não sabia que "dormir lá" tinha conotações totalmente diferentes pra mim e pra ele.

Ela ficou quieta por um tempo, mas a deixei falar no próprio ritmo. Estava começando a temer o que ela diria depois daquilo, e minha mente já terminara a história dela de cem maneiras diferentes.

— Ele meio que não gostou quando eu disse "não". "Deixa disso", ele falou. "Vai ser bom", ele falou. "Confia em mim", ele falou. Mas ele era bem mais forte do que eu e forçou a barra. Acho que tive sorte por conseguir escapar.

Mal posso descrever o alívio que senti ao ouvir a última parte da frase, por ela ter conseguido fugir. Mas o resto da história ainda me enfureceu. O imbecil do Michael tinha tentado fazer sexo à força com ela e isso era simplesmente imperdoável.

Senti meu rosto esquentando de raiva e fiquei com uma vontade extrema de ir até a casa dele naquele instante e quebrar tudo. Se ela não tivesse conseguido fugir eu não sei o que teria feito. Tive a impressão de que seria capaz de matar o cara.

Anne começou a lacrimejar e eu fiquei ali sentado no banco, tão atônito com aquilo que me vi sem ação. Eu podia contar nos dedos de uma única mão as vezes que ela havia chorado daquele jeito. Não eram só lágrimas caindo pela bochecha. Ela soluçava e escondia o rosto nas mãos. O corpo inteiro sacudia. Meu sangue, que fervia, foi esfriando ao ver minha amiga tão frágil e quebrada, soluçando "foi minha culpa" entre os dedos. Eu mesmo teria começado a chorar também, mas precisava ser forte por ela. Era a minha vez de cuidar dela, depois de tantos anos que ela cuidou de mim.

Eu a segurei pelos cotovelos, mas ela não parou de chorar, com o corpo todo sacudindo.

— Anne, não é sua culpa, não é sua culpa! Você não fez nada de errado, é tudo culpa daquele bosta! Anne!

Abracei-a até ela se acalmar um pouco mais e voltar a falar, respirando fundo até conseguir formar uma frase completa.

— Eu dei sorte — ela começou. — A merda do telefone dele começou a tocar e ele saiu de cima de mim pra desligar. Eu só saí correndo — ela choramingou, entre um soluço e outro. — Nem pensei em pegar a minha bolsa nem nada. Desculpa ter aparecido na sua casa, eu só não sabia mais o que fazer.

Com isso ela quebrou meu coração de vez. Eu a puxei para o meu lado e a abracei com força, dizendo que tudo ia melhorar, que eu havia sido um estúpido com ela e que tudo ficaria bem agora. Ela chorava e soluçava alto, pedindo desculpas, descontroladamente, enquanto eu tentava em vão acalmá-la.

— Não precisa se desculpar — eu falei, apertando-a forte para que parasse de sacudir. — Quem tem que se desculpar é esse imbecil. E daí que você foi na casa dele? Ele devia te respeitar, nada do que aconteceu foi sua culpa.

Ela demorou mais alguns minutos para se tranquilizar um pouco, e tentei fazer com que andasse comigo até em casa. Ela estava sem condições de sair do banco. Ficamos ali por um bom tempo, ela apoiada em meu ombro enquanto parava de chorar.

Fomos para minha casa quando eram seis horas da manhã. Minha mãe já estava acordada e ao ver o estado da Anne ficou apavorada:

— Oh, meu Deus! O que aconteceu com você?

— Mãe! — censurei-a após ver a expressão assustada no rosto da Anne.

— Não tem problema — ela murmurou então —, tá tudo bem.

Minha mãe correu até ela, abraçando-a. Sentou-se com Anne no sofá, puxando o cobertor sobre os ombros dela.

— Vai esquentar uma água, Rafael — ela mandou, e eu fui.

Ela preparou uma xícara de chá para a Anne e as duas ficaram na sala conversando, enquanto eu esperava na cozinha.

Eu me segurando para não ir naquele instante atrás do desgraçado. De onde eu estava, só conseguia ouvir pedaços da conversa. "Eu tenho medo do que ele pode fazer se eu for", escutei. Eu ouvi a Anne falar do pai dela, e as duas voltaram a sussurrar.

O pior era pensar que nada daquilo precisava ter acontecido. Tudo o que eu devia ter feito, lá atrás, logo que o Michael apareceu, era ter olhado na cara dela e perguntado: você está bem?

Será que teria sido diferente se eu não tivesse esperado tanto tempo até ir falar com ela? Durante o começo do namoro deles eu só pensei em mim mesmo e nos meus sentimentos que ela não retribuía. E, de repente, era tarde demais.

O que garantia que qualquer um de nós não pudesse se envolver com uma pessoa idiota que nos trataria como lixo? O que garantia que não estaríamos fragilizados demais para perceber o quanto alguém nos fazia mal, ou lutar contra a situação?

Era como se eu tivesse esquecido por um tempão como a vida da Anne era na verdade. Se eu tivesse saído da minha bolha, ela talvez não passasse por aquele trauma. Anne era uma menina que apanhava do pai. Que não tinha ninguém além dos amigos com quem contar. E antes de ela me abandonar para ficar com o Michael, meu egoísmo a abandonou primeiro.

38

Anne e minha mãe tiveram uma longa conversa que durou muitas horas. Eu fiquei na minha, sem querer interrompê-las.

Não dava para ouvir quase nada do que diziam, e sempre que falavam mais alto, eu começava a fazer qualquer coisa para me distrair e tentar não prestar atenção. Comi uma porrada de biscoitos, li uma revista velha, joguei no celular.

As palavras soluçadas que Anne dizia penetravam fundo na minha pele, como as lâminas escondidas nos livros. E o sentimento de culpa, por não ter conseguido ajudá-la, era ainda pior. Como se mandar cartinhas fosse superútil. Como se confrontá-la na escola não fosse apenas piorar tudo.

Em determinado momento, no meio da conversa, Anne começou a soluçar muito. Mal dizia uma palavra que fizesse sentido, e eu conseguia imaginar minha mãe, abraçando suas costas enquanto fazia "shhh shhh shhh" e prometia que tudo iria acabar bem.

— Existe uma diferença enorme entre nós — disse minha mãe. A voz me alcançando na cozinha. Meu estômago revirou.

Não entendi a resposta da Anne. Ela assoou o nariz e repetiu o que havia dito:

— Como assim?

Minha mãe levou um tempo para responder. Acho que estava ponderando as palavras, visto que as duas tinham passado por coisas muito parecidas.

Mas existia uma diferença clara entre elas, e em como tudo havia se desenrolado. Minha mãe afundou. E levou anos para conseguir se recompor e juntar os cacos do que fora um dia. E era aquela coisa: você até consegue colar um copo quebrado, mas ele nunca voltará a ser como era antes.

Acredito que tenha sido isso o que minha mãe disse para Anne naquele dia. Palavras de conforto que ela mesma nunca recebeu de ninguém. Palavras de força e apoio que poderiam ser um divisor de águas entre a pessoa que Anne era então e a que seria quando crescesse.

— Lembra quando vocês eram pequenos e ficavam no quarto brincando com aqueles blocos barulhentos de madeira e vendo televisão no último volume? — perguntou minha mãe. A voz cheia de saudosismo e dor ao mesmo tempo.

Ouvi a Anne fungar.

— O Rafa não fazia aquilo quando estava sozinho. Ele ficava em silêncio, ouvindo as brigas entre o Roberto e eu. Cada uma das coisas horríveis que a gente dizia um para o outro. Mas quando você estava aqui, ele se distraía. Você não deixava que ele ouvisse nada. Só fui descobrir anos mais tarde o que seu pai fazia com você, e aí já era tarde. Eu estava bêbada demais para ajudar meu próprio filho, quem dirá a filha dos outros. Eu quero que você saiba que as coisas não precisam mais ser assim. A gente pode ajudar você agora. E você pode se ajudar. Alguém como você, que sobreviveu a tudo o que passou, vai conseguir lidar com mais essa situação. Eu tenho certeza.

— Ou talvez — Anne respondeu com a voz falhando — você esteja apenas tentando fazer por mim o que não pôde fazer por si mesma.

Alguns segundos de silêncio se passaram.

— Talvez — minha mãe respondeu. — E talvez a motivação seja menos importante que o resultado. Roberto me fez sentir como se eu não merecesse nenhum homem, nem ser feliz. Que se não fosse por ele, eu ficaria sozinha e abandonada, como se ficar comigo fosse um grande favor. Eu até hoje sinto muita vergonha de falar sobre isso. Muitas vezes fico quieta nas reuniões do AA, me sentindo ridícula. Culpada. Como pude ficar com um homem daqueles por tanto tempo? Como pude me destruir com o álcool por causa dele? Demorou muito até eu aprender que era ele que não me merecia. E que eu merecia ser feliz. Ser livre. Não adianta muito a gente se sentir culpada. Isso só desvia nosso pensamento do verdadeiro culpado: aquele que nos fez mal. Roberto, Michael, seu pai. Não é errado a gente querer ser feliz. Não é errado a gente sentir que pertence a um lugar.

As duas conversaram em tom baixo por alguns minutos, até que pude claramente ouvir a Anne dizer:

— O Rafa deve me odiar agora.

Eu queria levantar da cadeira e correr até ela. Dizer que eu sentia muito, que não a odiava, que nunca quis pressioná-la por causa dos meus sentimentos. Mas nada daquilo era sobre mim. Eu tinha que tirar meu umbigo do centro do universo. E quando Anne estivesse pronta, talvez pudéssemos voltar a ser amigos. Voltar a ser como éramos antes, mas numa versão melhorada, amadurecida. Uma versão que não abandonaria o outro, que não desistiria do outro. Que não deixaria o outro se meter numa fria.

Anne e minha mãe continuaram a conversa até tarde. Falaram de denúncia, polícia, boletim de ocorrência. Sobre onde morar, onde dormir. Sobre superação, culpa, amizades e futuro.

Quando eu já estava quase dormindo, com a cabeça enfiada entre os braços, Anne já não soluçava mais. Falava de forma clara. Ainda tremia, ainda parecia ter medo de algumas coisas, mas ao menos tinha parado de chorar.

Lembrei o motivo pelo qual eu havia me apaixonado por ela, para começo de conversa: a força que ela tinha para lidar com as porcarias da vida. Aquilo que, na verdade – eu percebia naquele momento –, era algo que eu invejava. Eu não queria *a* Anne. Queria *ser* como a Anne.

E agora eu precisava aprender a transformar aquele sentimento; não em inveja, não em paixão, mas no que deveria ter sido desde o princípio.

Admiração.

39

Minha mãe me acordou e levantei a cabeça em um sobressalto, assustado.

Meu corpo inteiro doía e meu rosto estava todo amassado de dormir na mesa da cozinha. O cheiro de café passado ajudou a me despertar.

— A Anne foi tomar um banho e vai dormir no meu quarto — disse minha mãe, sentando-se ao meu lado.

— E agora? — perguntei.

Ela balançou a cabeça.

— Agora é esperar e falar com ela para que pelo menos abra um boletim de ocorrência. Ela ainda está muito assustada e disse que não queria fazer isso, mas ela precisa. É mais seguro assim, caso ele volte a procurá-la.

Eu apenas assenti.

— E o pai dela? Não seria bom voltar lá agora...

— Ela disse que vai para a casa das tias depois. Eu queria saber por que você nunca me contou que ela ainda apanhava do pai.

Eu dei uma risada falsa.

— Mesmo, mãe? O que você teria feito? Dado uma garrafada nele?

Ela me olhou com os olhos terrivelmente cansados e se voltou para as próprias mãos.

— Você tem razão.

— Desculpa, eu não devia ter dito isso.

Aí ela segurou minha mão, apertando-a com força.

— É nessas horas que preciso colocar toda a minha força à prova — ela disse. — A Anne vai precisar de você, mas eu vou precisar também, Rafael.

Apertei a mão dela de volta, imaginando quão difícil era para ela se manter sóbria. Escondi o rosto nas mãos sentindo vergonha de mim mesmo por ter tratado mal a Anne depois de encontrá-la na rua.

— Eu falei coisas horríveis pra ela — deixei escapar.

— Não é sua culpa, Rafael. Você não sabia.

— Mas devia ter percebido.

Ela esfregou meus ombros, beijou minha testa e saiu da cozinha. Tomei um café para tentar me manter acordado. Minha intenção era ir até a casa do Michael, mas algo me dizia que era uma péssima ideia. E eu não fazia ideia de onde ele morava. Será que eu devia mesmo fazer aquilo? Confrontar aquele enorme pedaço de bosta de quem eu tinha me mantido afastado e seguro por tanto tempo?

Eu senti que devia. Mesmo com medo de apanhar dele.

Pensei em ligar para a Kaori e o Ferreira e pedir que me ajudassem naquela empreitada, mas, quando já estava com o telefone nas mãos, percebi que talvez não fosse uma boa ideia. Talvez a Anne não quisesse que todos soubessem o que tinha acontecido. Eu precisava fazer aquilo sozinho.

Não sabia muito bem qual era o meu objetivo e o que faria quando chegasse lá, mas eu precisava achar a casa dele, precisava olhar na cara dele. E pegar de volta a mochila e as coisas da Anne. Ele não era digno nem de ficar perto de algo que pertencesse a ela.

Eu estava um caco, morrendo de sono e precisando de um banho com urgência máxima. Mas nada daquilo me impediu de ligar o computador para procurar uma mensagem da Anne. Logo que eles começaram a namorar, ela disse onde ele morava. Eu não fazia ideia de qual era a casa, mas sabia qual era a rua.

Engraçado que na minha cabeça ele não tinha mais nome. "Michael" era uma palavra que meu cérebro não computava. Um imbecil como ele não podia ter nome nem ser identificado como gente. No fim das contas, aquilo que chamamos de "monstro" é só uma pessoa morando na casa ao lado.

Peguei um ônibus e desci no ponto mais próximo possível do lugar. Andei dois quarteirões de olhos fixos nas placas, vendo os nomes das ruas. Foi fácil encontrar a que eu procurava, já que as ruas estavam ordenadas por ordem alfabética.

Achei a que estava procurando. Passei por dois edifícios e logo comecei com a minha loucura: tocar a campainha de cada casa até achar a dele.

Fui ignorado nas três primeiras. Na quarta, uma senhora atendeu.

— É aqui que mora o Michael? — indaguei.

— Michael? — ela perguntou. — Meu querido, eu não acho que conheça ele, mas tente perguntar no mercadinho quando abrir, eles conhecem todo mundo.

A senhora desceu os degraus da varanda e apontou para uma casinha comercial branca de parede descascada, do outro lado da rua. Agradeci e atravessei o caminho sem saber muito bem o que fazer, já que o mercadinho ainda estava fechado.

Encostei-me na parede e fechei os olhos. Não iria demorar muito até que o mercado abrisse. Ou talvez devesse apenas continuar a tocar todas as campainhas da rua.

Entretanto, não precisei fazer nada disso. Quando abri os olhos, vi a Anne andando em minha direção. Parece que tinha tido a mesma ideia.

Ela parou na minha frente com o rosto enfiado no cachecol.

— O que você tá fazendo aqui? — perguntamos ao mesmo tempo.

Nós nos encaramos por um segundo, como se esperássemos quem responderia primeiro.

— Eu vim pegar suas coisas — eu disse, por fim.

— Você nem sabe onde ele mora — ela respondeu.

Sacudi as mãos, dando a entender que não me importava com aquilo.

— Você nunca pensa nas coisas direito, seu cabeçudo.

Ela estava agindo com normalidade, como se nada tivesse acontecido, com sua máscara de pessoa forte bem encaixada no rosto. Não ousei perguntar como ela estava nem nada parecido. Se ela fora até ali, era porque tinha condições de fazer aquilo.

— Bem — ela começou —, pelo menos com você aqui eu espero que ele não tente fazer nada.

Andamos em silêncio no frio por poucos minutos até chegarmos a uma casa verde-menta, com muros altos que escondiam o seu interior.

Ela tocou a campainha e ficou ao meu lado. Nós dois ajeitamos nossa postura e ficamos o mais sérios possível.

Quem atendeu foi ele mesmo.

Minha vontade era pular no pescoço do animal e arrancar a cabeça dele, no mínimo. Mas respirei bem fundo, olhando para aquela cara *blasé* de cachorro que ele tinha. Ao meu lado, Anne nem se moveu.

Ele parecia incapaz de fazer algo tão horrível, pensei, olhando bem na cara dele. Pude imaginar como várias pessoas acreditariam naquilo. "O Michael?", elas diriam, "Não é capaz de ferir ninguém!". Mas era. E foi.

Felizmente eu sabia que socar o idiota não era a melhor forma de tentar resolver as coisas, até porque, convenhamos, eu era um fracote e ele me derrubaria fácil com um único golpe.

— Viemos pegar minhas coisas — ela disse. Nem um pingo de descontrole em sua voz.

Ele só ficou ali me encarando. Eu encarei de volta, mesmo sendo uma cabeça mais baixo e uns três anos mais novo. Mas em *nenhum* momento ele se voltou para ela. Os olhos dele sequer desviaram de mim para olhar para a Anne, a ponto de eu mesmo olhar para ela a fim de me certificar de que não estava imaginando coisas, que ela estava ali mesmo.

— Vocês dois e mais quantos? — ele perguntou.

Peguei meu celular para ameaçá-lo, pensando em fingir ligar para a polícia, mas Anne o tirou de minhas mãos.

Ela deu uma risada falsa e ele a olhou com o canto dos olhos. Anne mostrou o aparelho para ele e entrou numa rede social.

— Eu, o Rafa, o Twitter e o resto da internet inteira. Ou podemos pegar minhas coisas sozinhos, o que você preferir. Claro, a gente sempre pode acabar com a sua reputação e deixar todo mundo saber o tipo de pessoa que você é, caso se recuse.

Ele nos olhou com uma enorme cara de bosta.

— Ela te contou alguma historinha triste, é? Foi ela quem aceitou vir até aqui pra começo de conversa, seu trouxa.

Anne deu um passo para trás. Quase podia ver o sangue dela fervendo de raiva.

Eu balancei a cabeça, rindo do absurdo daquela frase.

— Ah, claro, e aí você se acha no direito de fazer o que bem entender com ela? Que lógica incrível essa sua.

Minha voz saiu muito mais firme do que eu esperava. Eu continuei:

— Esse tipo de gente igual a você deveria ser exterminada da face da Terra. Você é um perdedor tão grande que precisa humilhar garotas pra se sentir bem consigo mesmo. Você é um bosta, Michael, e eu espero que se ferre em sua vida. Agora devolva as coisas da Anne, que não estamos aqui de brincadeira.

Como imaginado, ele apenas entrou em casa. É claro que não seria tão fácil. E eu ainda estava com sorte de não ter apanhado. Ainda.

Eu e Anne nos entreolhamos.

— Será que ele foi pegar minhas coisas?

Fiz que não sabia e toquei a campainha mais uma vez. Nada. De novo. Ninguém atendeu. Era domingo, era cedo, e se ele não estivesse sozinho, logo iria incomodar alguém.

Esse alguém foi sua mãe. Ela abriu a porta irritadíssima, perguntando quem eu era e o que pensava que estava fazendo, mas logo viu a Anne e o rosto dela se iluminou com o reconhecimento, para depois franzir a testa, como se não entendesse bem o que estava acontecendo.

Agradeci o fato de não ter sido o pai dele quem abriu a porta, com medo de que a versão masculina adulta fosse pior que o filho.

— Aconteceu alguma coisa? — ela perguntou.

— Aconteceu — Anne retrucou. — Aconteceu que seu filho é um bosta e me bateu ontem à noite.

Anne virou a cabeça e apontou o hematoma no rosto.

Se a mulher pareceu brava quando atendeu a porta, eu não saberia descrever a expressão que eu via naquele momento. Minha raiva pelo Michael não era nada comparada àqueles olhos que se contorciam na minha frente.

Ela bateu a porta e esperamos. Aquela família parecia profissional na arte de bater a porta e deixar as pessoas aguardando. Não sabíamos o que estava acontecendo dentro daquela casa. Só sei que ouvimos o barulho de algo sendo arrastado, e depois de algo se quebrando. Logo a porta se abriu novamente e a mulher saiu lá de dentro, vermelha, com a bolsa e o casaco da Anne nas mãos.

— Toma aqui, minha querida. Eu vou dar um jeito nesse moleque.

E voltou para dentro de casa.

Eu e Anne trocamos um olhar triunfante. Um sorriso pequeno no rosto cansado dela. Aproveitando aquele momento de abertura entre nós dois, acabei falando:

— Sabe aquele negócio de deixar todo mundo saber o idiota que ele é? Talvez seja uma ótima ideia.

40

Voltamos para casa juntos em silêncio. Ainda havia uma barreira entre nós dois, mas, de repente, aquilo que nos uniu desde bebês voltou à vida, nos enlaçando mais uma vez. Quando chegamos, ela largou as coisas no sofá e nós fomos dormir, exaustos e nos sentindo vitoriosos.

Dormi por várias horas e só fui acordar às três da tarde, sem coragem alguma para levantar da cama. Saí do quarto feito um zumbi, cambaleando e esfregando os olhos que ardiam.

Larguei-me no sofá da sala e liguei para Kaori. Ela me deu um oi com a voz tão sonolenta quanto a minha.

— Acordou agora? — perguntei.

— Não, só tô aqui morrendo de tédio mesmo. Você?

— Culpado.

Ela riu e eu me senti relaxar com o som da risada dela ao telefone. Sorri bestamente.

— O Ferreira disse pra gente encontrar com ele na pista de skate e ir comer alguma coisa — falou, bocejando.

— Eu tô quebrado — respondi. — Se ele pagar minha batata frita, não tem problema nenhum.

— Juro que te dou um pouco da minha Fanta.

Eu só dei uma risada, desejando ficar rico de repente.

— Que horas você marcou? — perguntei.

— Três e meia. Você tem que correr, ou iremos sem você.

— Ha ha.

Consegui imaginá-la sorrindo do outro lado. Para mim não seria problema nenhum me arrumar correndo para estar lá em meia hora, considerando a vontade absurda que eu estava de abraçá-la.

Descobri que da cozinha, onde comia silenciosamente, Anne ouvira toda a minha conversa com a Kaori. Fiquei um pouco envergonhado de ser surpreendido falando carinhosamente, mas paciência. Sentei-me de frente para ela com uma xícara de café. Não que eu gostasse muito de café, só queria que o sono fosse embora.

— Quer ir com a gente comer batata frita? — perguntei.

Ela fez que não, e disse que tinha planos para a tarde.

A gente ficou se olhando de uma forma que me lembrou muito o jeito como fazíamos pouco tempo antes. Antes de tudo dar errado, de dizermos coisas que não devíamos, de esquecermos como perdoar.

— Como antigamente? — ela perguntou.

Eu ergui minha caneca e ela fez um brinde usando a dela.

— Como antigamente. — E sorri.

Ficamos em silêncio até minha mãe entrar na cozinha e começar a tagarelar sobre os passos do AA de forma tão alegre que tivemos que rir.

Perguntei para a Anne o que faria dali em diante, e ela me disse que iria para a casa das tias gêmeas, e que, se desse certo, iria morar com elas. Fiquei feliz ao ouvir aquilo. Por mais que as tias fossem meio doidas, era melhor do que ficar com o pai.

— Vou ficar aqui o resto do dia, com a sua mãe — ela contou. — Não quero ir para lá agora. Não ainda.

— E nós duas também iremos à delegacia — disse minha mãe, e a Anne só torceu a boca, não parecendo muito convencida da ideia.

Dei-lhe um beijo no rosto antes de subir. O antigo formigamento de quando eu encostava na Anne havia desaparecido. Não sentia mais nada e era do exato jeito que tinha que ser. E eu também estava satisfeito com o desaparecimento do Michael de nossas vidas, aquele grande babaca. Principalmente por ela ter dado um pé na bunda dele.

Era estranho como alguém podia mudar de oito para oitenta tão facilmente, influenciada pelas pessoas com quem andava. Entendo que seja comum e aceitável que as pessoas mudem ou que andem com quem achamos errado ou inconveniente e que cada um escolha com quem diabos quer sair, mas ainda achava estranho aquelas mudanças bruscas de acordo com o círculo social, ou como algumas pessoas tinham o poder de manipular as outras, como se pessoas fossem coisas, e não... bem. Pessoas.

Talvez seja apenas o nosso desejo de ser reconhecido. Queremos tanto fazer parte de um grupo e ser aceitos por ele que outras pessoas podem criar poder sobre nossas ações, se aproveitando da nossa instabilidade emocional ou coisa parecida. E como olhar para o lado e perceber que há algo errado em nosso relacionamento?

Fiquei com esse pensamento na cabeça até chegar na pista de skate, com pelo menos vinte minutos de atraso. Ferreira e uma outra garota davam instruções enquanto Kaori tentava se equilibrar num skate pela pista. Pulei a grade que circundava o *half*, chegando na Kaori a tempo de ampará-la antes que caísse. Ferreira e a amiga dele se dobraram ao meio de tanto rir, mas eu estava ocupado demais beijando Kaori para rir de qualquer coisa. Seu abraço era aquela coisa confortável que me fez sentir como se nadasse em Toddynho, que me esquentava e acalmava. Enquanto segurava o rosto dela eu só conseguia pensar nela, nela, nela e em como eu me sentia bem ali.

Era como se nada pudesse me atingir, até que estávamos comendo batata frita gordurosa e Kaori soltou do nada que contou de mim para os pais dela. Aí eu quase engasguei.

— O quê? O que você disse?

— Relaxa, cara — riu Ferreira. — Eles não são malvados nem nada assim.

Kaori arqueou uma sobrancelha para mim, dando uma risada e me chamando de covarde.

— Eu só falei de você e que queria que te conhecessem, deixa de ser bobo.

Mal do estômago. Tontura. Enjoo. Vontade de sumir.

— Céus… — foi tudo o que consegui dizer.

— Rafa, sua mãe já sabe de mim, toda a escola já sabe da gente. E meus pais não vão matar você, só te constranger um pouco com perguntas desagradáveis.

— É exatamente dessa parte que tenho medo.

— O que mais pode acontecer? — Ferreira perguntou e se empertigou na cadeira. — Vem cá, vou fingir que sou o pai dela e você é você mesmo.

Ele se sentou ereto, cruzou os braços de forma superior e ficou me encarando. "Boa noite, meu jovem", ele cumprimentou. "Quais são as suas intenções para com a minha filha?"

Eu fiquei olhando sem acreditar.

— Alguém ainda pergunta esse tipo de coisa?

— Você tem que estar preparado para tudo, meu caro Rafael. O que você diria?

— Que ele vive no século passado?

Ferreira fez um som de campainha e disse que a resposta estava errada e eu havia sido reprovado. Kaori me garantiu que não me perguntariam isso, mas que com certeza iam querer saber o que ele pretendia fazer da vida depois da escola.

— Eu não sei responder isso nem pra mim mesmo — retruquei, indignado.

— Diz qualquer coisa — explicou Kaori —, eu mesma falo qualquer coisa pra agradá-los. Fala que vai cursar sei lá, Letras.

— Letras? Eu não quero cursar Letras.

— Pelo menos você vai saber falar do assunto. Quantos livros você lê por mês? Tem que parecer convincente.

Eu não acreditava que ela estava mesmo me convencendo a mentir para os pais dela só para que eles não enchessem o saco depois. Naquele dia surgiram várias histórias de como eu seria um profissional rico e bem-sucedido dentro de alguns anos, coisa que era absurda.

O resto do tempo que ficamos no bar resumiu-se a ela e o Ferreira me darem dicas de como parecer um bom partido, enquanto eu só queria sair correndo.

Dali fomos para a casa do Ferreira jogar Nintendo 64, e lá presenciamos os pais dele num papo sem pé nem cabeça sobre como os gays iriam destruir a família tradicional brasileira; enquanto ouvia, Ferreira permaneceu quieto e paralisado no sofá. Assim que eles saíram da sala, Kaori disse rindo que a culpa de tanta fome, roubos e mortes no mundo era toda dele.

— Isso tudo é inveja da minha virilidade — ele respondeu.

Falávamos em tom baixo para que ninguém escutasse. Os sons de tiro do video game abafavam boa parte da conversa. Kaori, que já o conhecia há mais tempo que eu, ficou insistindo que ele deveria contar de uma vez antes que ficasse pior, mas eu entendia perfeitamente por que ele preferia ficar quieto. Além disso, só podia imaginar o medo que ele tinha da reação dos pais.

Ferreira argumentou contra ela dizendo que logo sairia de casa para estudar na faculdade, e que aí poderia fazer o que bem entendesse sem se preocupar com o que os outros achariam.

— E você vai pagar seu aluguel e suas contas com o quê, Ferreira? — ela perguntou.

Ele ficou quieto, olhando-a de volta, deixando seu personagem morrer na tela.

— Se eu falar qualquer coisa eles me expulsam de casa, e aí vai dar na mesma.

— Você deveria dizer pros seus pais que eu sou gay e ver a reação deles — eu disse. — Sério, eu não me importo.

Kaori riu.

— Claro, e eles vão acreditar nisso se virem nós dois.

— Fala que sou bi, então.

— Vocês dois podiam, por favor, calar a boca? — Aí o Ferreira matou tanto o meu personagem quanto o da Kaori, e disse que se a gente continuasse com nosso discurso heterossexual, nos mataria de verdade.

Não tínhamos como saber o que Ferreira passava, e ele tinha todo o direito de ficar irritado com a nossa insistência no assunto.

No final das contas, alguns meses depois, ele acabou contando para o pai que era gay. E não, ele não foi expulso de casa.

41

Consegui arrastar Kaori para a minha casa antes que ficasse muito tarde. Nos trancamos no quarto com o som ligado até de noite, quando ela teve que voltar. Minha mãe não disse nada e eu só agradeci por ela me poupar da vergonha. A única coisa que ela falou foi "juízo" quando voltei para casa depois de deixar Kaori no ponto de ônibus. Tudo o que respondi foi "juízo é o que não falta, você me educou bem, mãezinha", e fim de assunto.

Quase todo mundo da minha idade tinha pavor de falar de sexo com os pais, e eu não conseguia entender aqueles poucos garotos que não tinham. Deviam ser famílias alienígenas ou algo do tipo.

Minha mãe tinha levado a Anne até a casa das tias. Ela acabou nem voltando para a casa do pai. Minha mãe foi até lá, buscou seus materiais da escola e roupas e conversou com o pai dela. Eu sempre quis saber como foi aquela conversa. Nem a Anne nem minha mãe me contaram. As duas tinham se aliado muito naquele dia, e assim permanecem até hoje.

A semana transcorreu normalmente e não contei nada a ninguém sobre o que havia acontecido para que a Anne terminasse com o Michael. Isso era algo para ela mesma contar, se quisesse. Logo ela estava de volta ao nosso dia a dia, recolocada nos grupos de bate-papo e participando de exercícios e trabalhos em sala de aula. Estava muito mais quieta que o normal, mas parecia se soltar mais e mais a cada dia.

Passei a semana inteira nervoso com o encontro que eu teria com os pais da Kaori. O sábado seguinte se anunciava como o dia mais assustador da minha vida, já que também conheceria oficialmente a Júlia, minha irmã que tinha surgido do nada. Liguei para o meu pai lá pela quarta-feira, resolvido a terminar com aquilo de uma vez por todas. Eu passaria na casa dele sábado de manhã. De noite seria o jantar com os pais da Kaori. Não sabia qual dos dois eventos era o mais terrível, até que lembrei que precisava contar aquilo para a minha mãe.

Eu não podia ir até a casa do meu pai sem falar com ela antes. Pedi para que ela se sentasse e contei. A reação foi completamente diferente da que eu havia imaginado. Talvez ela estivesse disfarçando, mas não acho que tenha feito isso. Estávamos sendo sinceros um com o outro há um tempo considerável, então acreditei quando ela disse que não tinha problema e que se eu estivesse bem com aquilo, deveria levar adiante.

Na sexta-feira, Anne, Kaori e eu nos sentamos juntos no intervalo para falar mal dos outros, e não havia nada que pudesse parecer fora dos eixos. Até fomos xingados como sempre, e a Anne respondeu como sempre. Só não andamos com a Anne até a casa das tias porque era muito longe. Eu e Kaori fomos para a minha casa continuar a maratona de *Terminator* e nos preparar psicologicamente para o próximo dia.

Para minha infelicidade, ela não podia dormir em casa, e tive que ficar apenas sonhando com o dia que acordaria com ela pela manhã e comeríamos cereal com biscoito juntos.

Na manhã seguinte fui para a casa de praia do meu pai com os nervos a mil, desejando que ele estivesse sozinho com a Júlia e eu não precisasse ver a cara da Bárbara. Para minha sorte, meu desejo se concretizou. Meu pai me convidou para entrar e me senti um pouco acuado naquela casa enorme. Tudo era decorado de forma impecável, e porta-retratos estavam espalhados por todos os cantos. Milhares de fotos felizes da família e da Júlia. Lembrei da minha própria casa, percebendo só agora que não havia fotos por lá, o que me fez desejar fortemente um mural de cortiça no meu quarto. Na sala, prateleiras portavam livros, bebidas e discos de vinil. Esses últimos, reconheci. Meu pai havia levado a coleção de vinil que tinha com minha mãe quando se mudara. Aquilo me incomodou um pouco, mas deixei de lado. Da cozinha emanava o cheiro torturante de bolo assando, e o som de motor que vinha dos fundos me dizia que tinha uma piscina em algum lugar por lá. Uma empregada de uniforme passou por nós, me lançando um olhar de esguelha, e só pude imaginar que haviam falado de mim para ela.

Júlia estava comportadamente sentada no sofá da sala de visitas, me olhando com seus olhos enormes e curiosos. O cabelo escuro trançado e a roupa amarrotada de quem estava muito mais interessada em voltar a brincar. Eu nunca fui muito chegado a crianças, mas mesmo distante dela, sentia um tipo de empatia que me aproximava mais e mais, e começava meio que inconscientemente a gostar da garota. Isso me dava medo. Desejei ter algum amigo ao meu lado naquele momento, mas era algo que eu deveria encarar sozinho.

Meu pai pediu que eu me sentasse e falou para Júlia calmamente que meu nome era Rafael e que eu era o irmão dela.

É engraçado como crianças não sabem esconder suas reações, e com ela não foi diferente. Júlia sorriu e apontou para mim.

— Mas ele é o moço da praia, não pode ser meu irmão.

Meu pai riu, explicou e depois – pela graça do deus macarrônico – saiu da sala, me deixando sozinho com ela. Eu já era totalmente desajeitado com pessoas abaixo dos treze anos de idade, e ter alguém me observando não faria eu me sentir melhor. No final foi tranquilo, já que, ao contrário de mim, Júlia não tinha vergonha alguma. Ela me pegou pela mão, me levou ao quarto dela e me sentou em um banquinho, depois começou a tagarelar ininterruptamente por uma hora inteira. Durante esse tempo, meu pai aparecia de vez em quando no quarto para ver como estávamos indo.

A cada minuto Júlia se levantava para pegar um brinquedo diferente no quarto rosa e branco, cheio de bichinhos de pelúcia e brinquedos. Ela era esperta e tinha um vocabulário que me impressionou, mostrando que fazia questão de usar as palavras que aprendia, como "deveras", "sinuoso", "ovacionar" e "paquímetro", nem sempre as colocando no contexto correto. Teve uma hora que Júlia se sentou ao meu lado com uma enciclopédia de plantas, dando uma miniaula sobre as flores preferidas dela, pronunciando os nomes com perfeição. Tentei o máximo que pude separar minha vida da dela, lembrando a mim mesmo a cada instante que nem eu nem minha mãe tínhamos culpa por meu pai ter ido embora, e que eu não podia comparar minha infância à da Júlia. As coisas mudavam e a conversa que tive com Rosa, a velhinha na praia, voltava à minha memória o tempo todo. Eu tinha que me abrir para aquilo e deixar as mágoas do passado em seu devido lugar.

Não era fácil, mas não foi tão difícil quanto achei que seria. Júlia era inteligente, ligeira e incrivelmente fofa, e isso definitivamente ajudou. Ela me fez um questionário e queria saber qual era minha árvore preferida, minha cor favorita e o que eu gostava de comer. Ficou sentada ao meu lado com um caderno, anotando o que eu falava. E por "anotando" eu quero dizer rabiscando letras, apenas ocasionalmente acertando uma coisa ou outra. Fui obrigado a rir de várias das coisas que ela dizia, principalmente quando me contou em um cochicho que tinha um dinossauro de estimação e ele tinha uma doença terrível causada por bactérias de um vulcão.

Depois daquela hora de falação interminável, lanchamos bolo e suco, mas mesmo comendo ela não ficava quieta. Quando fui embora ela me fez prometer que da próxima vez eu levaria algum presente para ela, e tudo o que eu conseguia pensar era em gravar uma *mixtape* com bandas punks de meninas.

No final das contas, minha manhã não foi nem de longe tão apavorante. Tive que admitir para mim mesmo que havia gostado e que estava feliz por conhecer a pirralha.

42

Fui para casa com um gosto bom na boca, e não era do bolo de chocolate. Eu me sentia bem e, naquele momento, até o medo do jantar com os pais da Kaori tinha ido embora.

Passei horas tentando decidir o que vestir e, no final, resolvi não parecer normal nem tentar ser alguém que não era.

Cheguei na casa dela cedo e seus pais não estavam.

— Foram comprar pizza — ela disse.

Aí lembrei que eles não cozinhavam, e pizza era definitivamente a opção mais fácil para aquela ocasião.

— Por que não pediram pelo telefone?

— O entregador faltou no serviço e o substituto só chega às oito. O que é ótimo, dá um tempo pra gente se preparar psicologicamente pra aguentar adultos.

Nós nos largamos no sofá da sala e tentei não demonstrar meu nervosismo. Além disso, tinha algo me incomodando e eu não sabia se deveria falar com ela sobre aquilo no momento, depois ou nunca. Não era nada demais, na verdade, mas ainda era algo que ficava me cutucando no fundo da cabeça. Resolvi perguntar naquela hora, antes que os pais dela entrassem no assunto e eu não soubesse o que dizer.

— O que a gente é um do outro?

Kaori, que até então estava deitada em meu colo, se sentou no braço do sofá sem responder. Ela parecia estar pensando no assunto pela primeira vez.

— Não sei. O que a gente é?

— Sei lá — respondi.

Não havia muitas opções de resposta para tal pergunta, mas é de se imaginar que àquela altura do jogo nós nos considerássemos namorados.

— A gente tem que ser alguma coisa um do outro? — ela perguntou, e nessa hora eu tive medo que ela não quisesse rotular nosso relacionamento ou qualquer coisa assim.

— Não sei, Kaori, mas você não é minha ficante. Eu não vejo assim, pelo menos.

Ela inclinou a cabeça, enrolando uma mecha de cabelo nos dedos. Eu não sabia se queria ou não ouvir o que ela tinha para dizer.

— Esse negócio de pedir em namoro é muito antiquado — ela disse. — Mas mesmo assim, quer namorar comigo?

Eu comecei a rir na hora e simplesmente não consegui conter meu sorriso estúpido. Ela riu também, perguntando o que havia de tão engraçado naquilo, e antes que ela começasse a me bater, respondi que sim.

Fiquei um bom tempo tentando parar de rir, mas eu não conseguia. Era como ganhar o primeiro Kinder Ovo ou jogar Resident Evil pela primeira vez. O tipo de coisa que a gente sente uma vez só na vida. Saber pela primeira vez que alguém gosta de você para valer, poder dizer "minha namorada" e trocar o status de relacionamento na internet.

Ficamos abraçados no sofá até os pais dela chegarem, quando nos separamos imediatamente. Tremendo e sem reação, eu mal prestei atenção quando ela disse "pai, mãe, este é o

Rafa". Cumprimentei-os em piloto automático e sequer ouvi quais eram os nomes deles. Só conseguia pensar nas minhas roupas e no meu cabelo, e o que eles achariam de mim, um garoto sem nada para oferecer.

Por sorte, Kaori percebeu meu nervosismo e fez o possível para me deixar mais confortável. Tudo estava indo razoavelmente bem, eles conversavam entre eles assuntos de trabalho, até que resolveram lembrar da minha presença e falar comigo.

Pensei em seguir a dica da Kaori, dizer que eu cursaria Letras ou qualquer coisa assim, mas no final optei por falar a verdade. Se eles não gostassem, problema deles. Para meu alívio a mãe dela disse que na minha idade também não sabia o que fazer, e que optou por esperar para ter certeza antes de prestar vestibular para qualquer coisa.

Aquilo me aliviou um bocado, já que o vestibular estava batendo na porta da minha vida e eu não fazia ideia do que escolher. Eles comentaram a respeito do assunto e foi aí que o pai dela resolveu perguntar:

— O que vocês vão fazer quando nós nos mudarmos? Pois mesmo se ficarmos aqui por mais um tempo, a Kaori pode acabar indo para outra cidade, para a faculdade.

Kaori respondeu por mim.

— Menos mal, assim pelo menos eu paro de me mudar a cada ano.

— Não vejo problema — falei. — A gente pode se visitar de ônibus, além de existir a possibilidade de eu me mudar também, apesar de não saber muito bem ainda.

Devo dizer que pareci muito maduro ao dizer aquilo.

Era muito provável que eu fosse para a Federal, em Florianópolis. Minha mãe não podia pagar mensalidade de universidade particular. Eu só nunca tinha passado muito tempo pensando em como moraria longe de casa, exceto por um ou outro plano com o Ferreira ou a Anne de morarmos juntos. Mas não havia nada de concreto naquilo e o futuro era mais que incerto.

Assim que a janta acabou, Kaori me arrastou para fora de casa. Nós dois já estávamos constrangidos e de saco cheio do papo dos dois. Ficamos sentados em um banco em frente ao mar, e acabei falando para ela do medo que eu tinha de que ela se mudasse.

Naquele momento, era o meu maior medo. Coisa que eu nunca havia comentado com ela antes por não querer acabar com nosso relacionamento cor-de-rosa e perder nosso precioso tempo com choradeira e esse tipo de coisa. Mas a verdade era que lá no fundo eu morria de medo de que ela fosse embora e se mudasse mais uma vez. De ficar sozinho de novo.

Não sabia o que faria se precisasse ficar longe dela, sem contar que ela poderia terminar comigo e achar alguém mais legal na cidade nova, seja lá onde fosse.

Mas era uma coisa quase inevitável. Principalmente considerando a etapa de nossa vida. Vestibular, universidade, estágios, empregos. Isso provavelmente aconteceria em algum momento. Bastava saber se seríamos fortes para continuar juntos mesmo distantes, ou se daríamos sorte de estarmos na mesma cidade quando isso acontecesse, como disse a Kaori.

Se bem que eu não via muito isso como sorte, mas sim circunstância. Primeiro eu precisava decidir o que fazer para depois passar no vestibular, o que não seria fácil. Principalmente considerando que eu não era lá muito estudioso. Depois eu precisava ter condições de me mudar de cidade, e mesmo morando em república seria complicado pagar aluguel.

Mas nem tudo podia ser perfeito, e eu queria ao máximo aproveitar aquele breve instante de perfeição. O que importava era que, naquele momento, eu tinha tudo o que precisava e nada mais era tão relevante.

43

A forma como tudo aconteceu naquele ano ficou marcada na minha memória. Houve um momento em que eu sinceramente achei que não conseguiria ir em frente, que minha mãe nunca melhoraria e que eu ficaria sem nada. Durante muito tempo vivi com medo de que aquela mania de me cortar pudesse evoluir e eu acabasse perdendo mais do que aqueles à minha volta.

Foi quando percebi que as pessoas podiam errar e errar de novo, e que aquilo não significava mais do que apenas isso. Um erro.

Após meses de dúvidas finalmente decidi o que fazer. Eu, Anne, Kaori e Ferreira começamos a nos encontrar para estudar, não apenas para o vestibular e para o Enem, mas para as provas finais que prometiam acabar com nosso sono.

Eu e Ferreira tentaríamos apenas a Federal de Florianópolis, enquanto Anne e Kaori tinham mais opções. Anne estava bem com as tias e elas bancariam sua universidade. Ela tinha melhorado muito depois de sair da casa do pai e nem se importou tanto com as manias das gêmeas, que nem eram mais tão doidas quanto nos lembrávamos.

Tínhamos medo de ficar separados, mas nosso otimismo nos dava a certeza de que tudo daria certo no final. E mesmo que nos separássemos, internet e ônibus existiam por um motivo.

Meu relacionamento com meu pai estava evoluindo cada vez mais e ele parecia interessado na ideia de me ajudar, caso tudo desse certo e eu precisasse mudar de cidade.

A festa de formatura foi péssima, mas nada podia ser tão ruim quando se estava acompanhado das pessoas certas. Tiramos o máximo proveito possível do dia como se fosse o último, nossa última chance de estar juntos.

Às vezes as pessoas me perguntam por que eu me visto igual a um adolescente. Ao contrário do que algumas delas pensam, não, não estou apenas tentando provar para a minha mãe que aquele período turbulento não era apenas "uma fase".

Talvez seja algum tipo de conexão bizarra com meu adolescente interior ou qualquer coisa que o valha, mas a verdade é que não sinto aquela chatice toda de ser um adulto. Sim, eu tenho minhas responsabilidades, pago minhas contas, sou praticamente casado e evito comer miojo o máximo possível, mas tento conservar em mim o espírito da minha adolescência e também da minha infância.

Por que alguém faria isso? Sei lá, só acho que é a época em que aprendemos sobre o que é estar vivo de verdade. É quando surgem as melhores sensações do mundo, quando conhecemos nosso primeiro amor, quando compramos nosso primeiro livro com o próprio dinheiro.

É quando chegamos em casa tarde da noite e comemos pizza gelada com refrigerante sem gás. Ou quando ficamos por horas ouvindo as dores da nossa melhor amiga sobre o menino que ela gosta, quando na verdade a gente é que gosta dela.

É mentir para nossos pais e descobrir que não adianta nada, já que eles possuem poderes especiais para saber quando vamos fazer besteira. É sentir a dor do abandono, da perda, de um coração despedaçado e mesmo assim não desistir. Continuar em frente.

É a época em que gritamos ao mundo para que viemos e o que estamos fazendo aqui. Queremos ser notados, finalmente deixamos de ser crianças e passamos a ser gente. Temos uma foto três por quatro horrível na identidade igual a todas as outras pessoas, mas não queremos ser como elas. Queremos ser alguém.

E não importa o que fazemos para assumir nossa identidade recém-descoberta. Alguns pintam o cabelo, outros fazem tatuagens ou usam maquiagem. Alguns vão tomar sol, outros vão fugir dele e só sairão à noite. Alguns, como eu, infestarão o armário de All Stars e camisetas estampadas. Colocarão um piercing mesmo com a mãe dizendo não.

E não, não nos importamos. E não, não nos arrependemos.

Porque essa é uma época de descobertas, de aprender, de sair, de aproveitar. De dizer sim. Fazemos um monte de burrada, mas se não fossem essas burradas nunca iríamos aprender nada, nunca seríamos quem somos. É como aquela comparação clichê sobre andar de bicicleta: só se aprende caindo.

E não importa quem você seja. Um dia você foi ou será adolescente. Todos passamos ou vamos passar por isso. E não estamos sozinhos, nunca estivemos. Há vários outros por aí que se sentem tão abandonados quanto eu me senti. Tão zoados na escola quanto eu fui. Com a mesma vontade enorme que eu tinha de gritar que *eu estava ali*.

Espero nunca perder essa capacidade de me maravilhar. De me divertir com tão pouco, aproveitar as coisas pequenas.

De ter dúvidas e poder respondê-las com meu coração. De poder ser quem eu sou sem medo do que irão dizer. E isso é uma conquista.

Antes de tudo acabar, a gente aprende a ser quem é.

A aceitar a si mesmo e aos outros. E ser feliz.

Simples assim.

Até que não é tão difícil.

FIM

Epílogo

Era meio difícil de acreditar que eu estava acordando às dez horas da manhã em plena segunda-feira, depois de milhões de aulas complicadas, exames, provas e dor de cabeça por ficar em recuperação.

Não era a primeira vez que acontecia, mas a sensação da preguiça matinal era maravilhosa demais para não ser aproveitada enquanto durasse.

Devo ter enrolado mais uns vinte minutos antes de criar coragem e sair da cama. Para falar a verdade, foi mais fome do que coragem. Algumas vezes, em nossa vida, precisamos tomar decisões importantes, como ficar com fome e permanecer na cama ou comer alguma coisa e sair do conforto.

A vida é feita de decisões difíceis.

Outra coisa que me deu ânimo para levantar foi lembrar que agora eu podia passar o tempo que quisesse com a Kaori, sem os pais dela terem ataques de responsabilidade, mandando-a estudar vinte e quatro horas por dia.

Todos nós já havíamos feito nossos exames para tentar entrar em uma universidade, e eu passava boa parte do meu tempo livre roendo as unhas pensando em como seriam as coisas dali para a frente. E se eu não conseguisse entrar para a faculdade? E se ela conhecesse outra pessoa? E se eu ficasse sozinho e o Ferreira, a Anne e a Kaori fossem para outra cidade?

Minha mãe me disse para parar de pensar naquelas coisas, que eu devia aproveitar o tempo que tinha agora e não "sofrer por antecipação". Mas era muito mais fácil fingir que estava dando ouvidos a ela em vez de realmente praticar o "viver o momento".

Desci até a cozinha esfregando os olhos e cantarolando uma música qualquer. Minha mãe estava lá, com três livros de receitas sobre a mesa.

— O que vocês vão querer comer no Natal? — ela perguntou, apoiando a cabeça nas mãos e tomando mais um gole de café.

Eu apenas dei de ombros.

— Qualquer coisa. Você tem certeza que vai tentar preparar comida? A gente pode inventar alguma gororoba.

— Não. Este ano, o Natal é por minha conta.

Ela voltou a olhar um dos livros e eu fui atrás de algo para forrar o estômago.

Anne nunca passava o Natal com o pai dela. Nos anos anteriores, tinha passado na casa das tias, mas elas ficavam ouvindo algum CD ruim natalino e vendo televisão. Um tédio. Ferreira ficaria com a família dele no dia vinte e três, que era o dia que todos se reuniam na casa de seus avós, então estaria ali com a gente no dia vinte e quatro. Kaori dividiria seu tempo. Ficaria em casa até umas seis da tarde antes de nos encontrar.

Não era como se a gente fizesse algo especialmente tradicional no Natal. Então decidimos ficar juntos, nos preparando para a possível separação com o fim da escola.

Pensei em dar algum presente para a minha mãe, mas isso seria feito com o dinheiro dela, então não fazia muito sentido.

Ainda mais porque eu teria que pedir dinheiro emprestado de qualquer forma.

— Preciso comprar algo pra Kaori — eu disse apenas.

Ela me encarou por um segundo enorme, torcendo a boca.

— Presente pra Kaori? — perguntou.

Fiz que sim.

— E com que dinheiro você vai fazer isso?

Droga!, pensei na hora, tentando inventar algo rápido.

— Com os trinta reais que você vai me emprestar em troca de eu lavar os banheiros por um mês.

Missão cumprida, consegui os trinta reais. Agora só precisava correr até o centro e rezar para a blusa que eu tinha achado ainda estar à venda.

Saí de casa e já mandei mensagem para todo mundo no grupo.

Rafles: Gostaria de informar que este ano foi incrível, pois não fui convidado para nenhum amigo-secreto capenga e chato.

Ann S2: Volta pra cama, Rafa, são onze e meia da manhã.

Rafles: Excessivamente entediado para dormir.

xRAFAx: Chega aqui em casa. E traz pão.

Kaori: Troca seu nome, Ferreira, tá confundindo todo mundo com esse excesso de Rafaéis no grupo.

xRAFAx: ME OBRIGUE.

Kaori: Tô indo aí e vou trocar sem vc perceber.

Ann S2: Vcs tão seriamente pensando em fazer alguma coisa hoje tão cedo?

Rafles: Yep. Saia da cama antes que você crie mofo.

Kaori: Alguém já criou coragem de ver o gabarito da prova? Meus pais mandaram eu checar, mas quero não.

Rafles: Só vou fazer isso depois do Natal. Não quero estragar meu bom humor.

Ann S2: Eu chequei, e acho que fui bem o suficiente. ACHO.

xRAFAx: Vocês são tudo trouxa. Melhor olhar de uma vez e acabar com o sofrimento. Só sei que errei uma questão tão estúpida que vou me sentir burro até o dia da minha morte.

Guardei o celular no bolso antes que tivesse a oportunidade de ser roubado e deixei os outros debatendo sobre ver ou não o gabarito. Minha opinião permanecia: não iria olhar nada até que o Natal acabasse.

Acabei achando o presente que eu procurava. Havia uma lojinha bacana de roupa alternativa na cidade, e eu já tinha visto a Kaori namorando uma blusa na vitrine algumas vezes. Só esperava que aquele fosse o tamanho certo. Embrulhei para presente, escrevi um cartão meloso e desenhei bem grande um "Rafaori" no envelope, como o Ferreira costumava nos chamar. Deixei tudo guardado em casa e saí novamente. Todos já estavam indo para a casa do Ferreira, que acabou virando ponto de encontro por ser fácil de chegar e ter um estoque interminável de sucrilhos grátis (grátis para nós, claro).

Ferreira abriu a porta para que eu entrasse e já correu de volta para o video game, mas não teve tempo de se recuperar e acabou morrendo. Kaori estava ocupada demais jogando para me cumprimentar direito, então tive que esperar até poder beijá-la. Anne tomou o lugar dela na função de humilhar o Ferreira no jogo de tiro.

Era incrivelmente pacífico poder ficar ali sem nada com que me preocupar. Agora, com o fim da escola, eu pensava que tudo iria piorar. Todos me diziam que era exagero e que eu devia parar de ser dramático, mas nada tirava da minha cabeça que eu estava me encaminhando para uma etapa ainda mais difícil da vida.

Devia ser apenas meu pessimismo de sempre falando, mas o que eu podia fazer? Não se pode mudar de uma hora para outra, e eu era um grandessíssimo pessimista. Anne estava empolgada com a ideia de ir morar fora, mesmo sabendo que seria difícil. Como ela disse, finalmente teria a independência que tanto queria, e se veria livre de pessoas tóxicas, como o pai.

Eu só conseguia pensar que teria que arrumar emprego, pagar contas e talvez morar longe da Kaori. Mas ficar lá no Ferreira, jogando conversa fora, comendo porcaria... tudo parecia certo. Como se aquele futuro estivesse distante e não importasse tanto.

Meus dias antes do Natal foram assim. Vários nadas vividos no sofá do Ferreira. Tomar Fanta e comer brigadeiro com salgadinho de cinquenta centavos. Fugir com a Kaori para um canto qualquer onde ninguém nos visse. Ouvir as reclamações sobre tudo do Ferreira e da Anne. E ficar ali, simplesmente respirando e expirando o ar, esperando que as coisas dessem certo. Visitei minha irmã, passeei com minha mãe, tentei fazer amizade com meu pai.

Passei pelo Michael na rua e me esforcei para não tacar uma pedra na cabeça dele; tomei uma quantidade indecente de sorvete agora que o calor substituíra o frio.

Chegamos até a ir à praia e fiquei morrendo de vergonha de exibir meu corpo em público. Mas não era como se algum dos presentes estivesse ligando a mínima.

E o tempo passou tão lentamente quanto deveria.

No dia vinte e três, nós quatro montamos a árvore de Natal. Cada um deveria pendurar coisas significativas nos galhos de plástico, junto dos enfeites comuns. Naquele objeto verde no meio da sala, meio torto devido a nossa falta de habilidade. Nós em volta dele, com música alta e um punhado de coisas pelo chão.

Kaori pendurou um ônibus. Era um brinquedo vagabundo preso a uma cordinha vermelha.

— Por que um ônibus? — Anne perguntou.

Ela cutucou o brinquedo amarelo e o observou balançar.

— Porque eu estou cansada de ficar viajando de um lado pro outro e só queria um mínimo de estabilidade e normalidade na minha vida.

— Mas então devia ter pendurado um freio.

— Afe, não estraga o momento, Anne.

Ferreira, por sua vez, pendurou um unicórnio.

— Um unicórnio, pra simbolizar as várias frangas que vou soltar na faculdade.

A gente riu daquilo e eu fiquei ali, remoendo em pensamentos o que diria do objeto que eu mesmo iria pendurar.

Anne logo se adiantou e pendurou um chaveiro. Era o mesmo que costumava usar para prender a sua cópia da chave da minha casa.

— Eu não acho que preciso ficar justificando tudo que aconteceu e tal. Só sei que serviu pra eu aprender um monte de coisa, como valorizar aquilo que sou e não depender de algum imbecil pra fazer isso por mim. E que não importa o que aconteça, eu sei que vocês vão estar do meu lado.

Todos sorriram para ela e Kaori apertou sua mão, cochichando algo em seu ouvido.

Agora só restava eu. Com minha borracha manchada. Daquelas metade vermelha e metade azul que apagam caneta, só que não. Parecia-me bem idiota agora pendurar uma borracha. E olha que a ideia de pendurar algo e fazer um discurso havia sido minha.

— Vai logo, Rafa — Ferreira reclamou.

Respirei fundo e pendurei a borracha na árvore. O galho pesou com o objeto, que quase tocou o chão.

— Uma borracha, cara?

— Para de ser chato, Ferreira — Anne o cutucou.

Eu arqueei uma sobrancelha para ele, perguntado se me deixaria falar ou não.

— Vai em frente — ele disse.

— Sei lá — respondi. — Só parecia certo. Eu sinto como se todas essas coisas que fizemos nesses últimos meses não pudessem ser apagadas. E essa borracha colorida é uma porcaria que não apaga nada e tal.

Eles deram risada, mas me deixaram continuar.

— Fiquei pensando em algumas coisas que fiz ou deixei de fazer. Em coisas das quais me arrependo. Uns meses atrás, eu teria me enfiado debaixo das cobertas e rezado pra poder me esquecer de tudo. Como se alguma coisa mágica pudesse apagar minha memória e deixar tudo perfeito novamente, como uma espécie de maquiagem da vida. Mas agora, pensando melhor sobre isso, eu percebo que não tem borracha. Não tem "Control Z" na vida real. Eu não posso deletar algo que fiz ou mudar de ideia depois que algo já está feito. Mas isso não precisa ser uma coisa ruim, sabe? Sei lá. Se eu não tivesse passado pelas coisas que passei, será que eu seria o mesmo *eu* agora? Será que seria alguém diferente? Menos maduro, menos... não sei, pronto pra lidar com as coisas?

Foi estranho dizer aquelas palavras. Minha voz tremia e minhas mãos, que seguravam as de Kaori, estavam geladas. Mas era algo que estava em meu peito há muito tempo, e não havia momento melhor de colocá-lo para fora.

Ficamos todos em silêncio por um tempo. Eu pensava no que cada um havia dito e nas verdades que pertenciam não apenas a nós individualmente, mas uns aos outros. Eu não queria que aquele momento acabasse nunca, e soube, naquele instante, que não importava o que aconteceria no dia de amanhã. Não me interessava se ficaríamos separados. Se um de nós reprovaria no vestibular. Tudo o que importava era que estivéssemos juntos. Fosse na mesma cidade ou no mesmo aplicativo. Que pudéssemos manter aquela amizade e aquele sentimento, independentemente de qualquer outro fator.

Acho que esse foi o significado daquela data para nós, naquele ano. Aproveitamos a oportunidade para dar as mãos e deixar bem claras as nossas intenções: não abandonaríamos uns aos outros. Não importa o que fosse. O que acontecesse.

A vida continuaria em frente, como ela sempre fez. Sem esperar, sem se importar, sem dar segundas chances. Mas nós sempre esperaríamos, nos importaríamos e daríamos segundas, terceiras e até quartas chances se fosse preciso.

Ninguém disse nada disso em voz alta naquele momento. Mas quando demos as mãos e olhamos bem nos olhos uns dos outros... eu sabia. E eles também sabiam.

Todos pensávamos a mesma coisa.

Nada, nunca, por nada no mundo conseguiria nos separar.

Este livro foi composto em Adobe Garamond Pro e impresso pela Intergraf
para a Editora Planeta do Brasil em novembro de 2017.